AF381897

Classique Érotique

MÉMOIRES D'UNE CHANTEUSE ALLEMANDE

Autobiographie érotique

Écrit par
Wilhelmine Schröder-Devrient

GRANDS classiques .com

PREMIÈRE PARTIE

1
Présentation

Pourquoi devrais-je vous cacher quelque chose ? Vous avez toujours été un ami véritable et désintéressé. Dans les plus difficiles situations de ma vie, vous m'avez rendu des services si importants que je puis bien me confier complètement à vous.

D'ailleurs, votre désir ne me surprend pas !

Dans nos conversations d'autrefois, j'ai souvent remarqué que vous aviez un grand penchant à scruter et à reconnaître les ressorts secrets qui, chez nous, femmes, sont les motifs de tant d'actions que les hommes, même les plus spirituels, sont embarrassés d'expliquer.

Les circonstances nous ont maintenant séparés et nous ne nous reverrons probablement jamais. Je pense toujours avec beaucoup de gratitude que vous m'avez secourue durant mon grand malheur. Dans tout ce que vous avez fait pour moi, dans tout ce que vous m'avez défendu ou procuré, vous ne pensiez jamais à votre intérêt, vous n'étiez préoccupé que de mon plus grand bien. Il ne dépendait que de vous d'obtenir toutes les marques de faveur qu'un homme peut désirer, vous connaissiez mon tempérament, et j'avais un faible pour vous.

Les occasions ne nous ont pas manqué et j'ai souvent admiré votre maîtrise sur vous-même. Je sais que vous êtes tout aussi sensible que moi sur ce point ; vous m'avez souvent répété que j'ai l'œil pénétrant et que je possède beaucoup plus de raison que la plupart des femmes. Ceci est votre conviction ; sinon vous ne m'exposeriez pas votre étrange désir de vous communiquer sans ambages et sans fausse honte féminine (que je crois moi-même affectés) mes expériences et ma conception du *penser* et du *sentir* de la femme par rapport au plus important moment de sa vie, l'amour et son union à l'homme. Votre désir m'a d'abord beaucoup gênée ; car – laissez-moi commencer cette confession par l'exposé d'un trait bien féminin et très caractéristique – rien ne nous est plus difficile que d'être entièrement sincères avec un homme. Les mœurs et la contrainte sociale nous obligent dès notre jeunesse à beaucoup de prudence et nous ne pouvons être franches sans danger.

Quand j'eus bien réfléchi à ce que vous me demandiez et surtout quand je me fus rappelé toutes les qualités de l'homme qui s'adressait à moi, votre idée commença à m'amuser. J'essayai alors de rédiger quelques-unes de mes expériences. Certaines choses qui exigent une sincérité absolue et qu'il n'est justement pas coutume d'exprimer me faisaient encore hésiter. Mais je me fis effort, pensant vous faire plaisir, et je me laissai envahir par le souvenir des heures heureuses que j'ai goûtées. Au fond, je n'en regrette qu'une seule, celle dont les suites malheureuses me firent recourir à votre amitié à toute épreuve pour ne pas succomber. Après cette première hésitation, j'éprouvais une violente jouissance en relatant tout ce que j'ai vécu personnellement et ce que d'autres femmes ont ressenti. Mon sang s'agitait de la plus agréable façon à mesure que je songeais aux plus petits détails. C'était comme un arrière-goût des voluptés que j'ai goûtées et dont je n'ai pas honte, ainsi que vous le savez bien.

Nos relations ont été si familières que je serais ridicule de vouloir me montrer dans une fausse lumière ; mais, excepté vous et le malheureux qui m'a si misérablement trompée, personne ne me connaît. Grâce à mon bon sens pratique, j'ai toujours réussi à cacher mon être intime. Cela tient à un en-chaînement de causes extraordinaires plutôt qu'à mon propre mérite.

Dans le cercle de mes connaissances, j'ai le renom d'être une femme vertueuse et soi-disant froide. Et, au contraire, peu de jeunes femmes ont tant joui de leur corps jusqu'à leur trente-sixième année. A quoi bon cette longue préface ? Je vous envoie ce que j'ai écrit ces derniers jours ; vous jugerez par vous-même jusqu'à quel point j'ai été sincère. J'ai essayé de répondre à votre première question et j'ai pu me convaincre de votre assertion : que le caractère sexuel et éthique se forme d'après les circonstances particulières dans lesquelles les mys-tères voilés de l'amour lui sont révélés. Je crois que cela a aussi été mon cas.

Je vais continuer ces confessions avec acharnement et zèle ; pourtant, vous ne recevrez pas une seconde lettre avant d'avoir répondu à la présente. En attendant, cette écriture équivoque m'amuse beaucoup plus que je ne l'aurais cru.

Votre noble caractère m'est garant que vous n'allez pas abuser de ma confiance illimitée.

Que serais-je devenue sans vous, sans votre bonne amitié et sans vos précieux conseils ?

Un pauvre être, misérable, solitaire et déshonoré aux yeux du monde !

Puis, je sais aussi que vous m'aimez un peu, malgré votre froideur apparente et votre désintéressement. – Saluez, etc., etc.

De..., le 7 février 1851.

2

L'amour conjugal

Mes parents, des gens de bien, mais nullement fortunés, m'ont donné une éducation exemplaire. Grâce à la vivacité de mon caractère, à ma grande facilité d'apprendre et à mon talent musical développé de très bonne heure, j'étais l'enfant gâtée de la maison, la favorite de toutes nos connaissances.

Mon tempérament n'avait pas encore parlé jusqu'à ma treizième année. Des jeunes filles m'avaient bien entretenue de la différence entre les sexes masculin et féminin, elles m'avaient raconté que l'histoire de la cigogne qui apporte les enfants était une fable et qu'il devait se passer des choses étranges et mystérieuses lors du mariage ; mais je n'avais pas d'autre intérêt à ces dires que celui de la curiosité. Mes sens n'y prenaient pas part. Ce ne fut qu'aux premiers signes de la puberté, quand une légère toison de cheveux frisés apparut là où ma mère ne tolérait jamais le nu entier, pas même devant ma toilette, qu'à cette curiosité se mêla un peu de complaisance. Quand j'étais seule, j'examinais cette incompréhensible poussée de cheveux mignons et les alentours de cet endroit précieux que je soupçonnais être d'une très grande importance, puisque tout le monde le cachait et le voilait avec tant de soins. Au lever, quand je me savais seule derrière les portes fermées, je décrochais un miroir de la paroi, je le plaçais par devant et l'inclinais assez pour y voir le tout distinctement. J'ouvrais avec les doigts ce que la nature a si soigneusement clos et je comprenais de moins en moins ce que mes camarades m'avaient dit sur la manière dont s'accomplit l'union la plus intime entre l'homme et la femme. Je constatais *de visu* que tout cela était impossible. J'avais vu aux statues de quelle façon toute différente la nature a doté l'homme. Je m'examinais aussi quand je me lavais à l'eau froide, les jours de semaine, quand j'étais seule et nue ; car le dimanche, en présence de ma mère, je devais être couverte des hanches aux genoux. Aussi mon attention fut-elle bientôt attirée par la rondeur toujours plus forte de mes seins, par la forme toujours plus pleine de mes hanches et de mes cuisses. Cette constatation me fit un plaisir incompréhensible. Je devins rêveuse. Je tâchais de m'expliquer de la façon la plus baroque ce que je ne pouvais arriver à comprendre. Je me souviens très bien qu'à cette époque commença ma vanité. C'est aussi dans ce temps-là que le soir, au lit, je m'étonnais moi-même de surprendre ma main se porter inconsciemment sur mon bas-ventre et de la voir jouer avec les petits cheveux naissants. La chaleur de ma main m'amusait et, aussi, d'enrouler les boucles autour des doigts. Mais je ne soupçonnais pas alors tout ce qui sommeillait encore dans cet endroit. Habituellement je fermais les cuisses sur la main et je m'endormais dans cette pose.

Mon père était un homme sévère et ma mère un exemple de vertu féminine et de bonne tenue. Aussi les honorais-je beaucoup et les aimais-je passionnément. Mon père ne badinait jamais et, en ma présence, il n'adressait aucune parole tendre à ma mère.

Ils étaient tous les deux très bien faits. Mon père avait environ quarante ans, ma mère trente-quatre.

Je n'aurais jamais cru que sous un extérieur si sérieux et des manières si dignes se cachaient tant de sensualités secrètes et un tel appétit de jouissance.

Un hasard me l'apprit.

J'avais quatorze ans et je suivais l'enseignement religieux pour ma confirmation.

J'aimais notre pasteur d'un amour exalté, ainsi que toutes mes compagnes.

J'ai souvent remarqué, depuis, que l'instituteur, et, tout particulièrement, l'instructeur religieux, est le premier homme qui fait une impression durable dans l'esprit des jeunes filles. Si son sermon est suivi et s'il est un homme en vue dans la commune, toutes ses jeunes élèves s'entichent de lui. Je reviendrai encore sur ce point, qui se trouve sur la liste de vos questions.

J'avais donc quatorze ans, mon corps était complètement développé, jusqu'au signe essentiel de la femme : la fleur périodique. Le jour de l'anniversaire de mon père approchait. Ma mère fit tous les préparatifs avec amour. De bon matin j'étais déjà habillée de fête, car mon père aimait les belles toilettes. J'avais écrit une poésie, vous connaissez mon petit talent poétique (entre nous soit dit, le pasteur devait la corriger, j'avais ainsi un prétexte pour aller chez lui) ; j'avais cueilli un gros bouquet.

Mes parents ne faisaient pas chambre commune. Mon père travaillait souvent tard dans la nuit et ne voulait pas déranger ma mère ; c'est du moins ce qu'il disait.

Plus tard, je reconnus, là encore, un signe évident de leur sage manière de vivre. Les époux devraient éviter, autant que possible, le sans-gêne du laisser-aller journalier. Tous les soins que nécessitent le lever ou le coucher, le négligé et la toilette de nuit sont souvent fort ridicules, ils détruisent bien des charmes et la vie commune perd de son attrait. Mon père ne couchait donc point dans la chambre de ma mère. Il se levait d'habitude à sept heures. Au jour de l'anniversaire, ma mère se leva à six heures du matin, afin de préparer les cadeaux et de couronner le portrait de mon père. Vers les sept heures, elle se plaignit d'être fatiguée et dit qu'elle allait se recoucher pour un instant, jusqu'au réveil de mon père.

Dieu sait d'où me vint cette idée, mais je pensai qu'il serait très gentil de surprendre mon papa dans la chambre de ma mère et de lui présenter là mes bons vœux. Je l'avais entendu tousser dans sa chambre. Il s'était donc déjà levé et allait bientôt venir. Pendant que ma mère donnait les derniers ordres à la servante, je me faufilai dans sa chambre à coucher et je me cachai derrière la porte vitrée d'une alcôve qui nous servait de garde-robe. Fière et heureuse de mon plan, je me tenais sans souffle derrière la porte vitrée, quand ma mère entra. Elle se déshabilla rapidement jusqu'à la chemise et se lava soigneusement. Je voyais pour la première fois le beau corps de ma mère. Elle inclina un grand miroir qui était au pied du lit près du lavabo et se coucha les yeux fixés sur la porte. Je compris alors l'indélicatesse que j'avais commise ; j'aurais voulu me sauver de l'alcôve. Un pressentiment me disait qu'il allait se passer devant mes yeux des choses qu'une jeune fille n'ose pas voir. Je retenais mon souffle et tremblais de tous mes membres. Tout à coup, la porte s'ouvrit, mon père entra, vêtu, ainsi que tous les matins, d'une élégante robe de chambre. A peine la porte eut-elle bougé que ma mère ferma immédiatement les yeux et fit semblant de dormir. Mon père s'approcha du lit et contempla ma mère endormie avec l'expression du plus grand amour. Puis il alla pousser le verrou. Je tremblais de plus en plus, j'aurais voulu disparaître sous terre. Mon père enleva lentement ses caleçons. Il était maintenant en chemise sous sa robe. Il s'approcha du lit et releva avec précaution la légère couverture. Je le sais bien maintenant, ce n'est pas par hasard, ainsi que je le croyais naïvement alors, que ma mère était là, les jambes ouvertes, une jambe repliée et l'autre étendue. Je voyais pour la première fois un autre corps de femme, mais plein, en belle floraison, et je pensais avec honte au mien encore si verdelet. La chemise était retroussée, un sein blanc et rond débordait des dentelles.

J'ai connu plus tard bien peu de femmes qui auraient osé se présenter ainsi à leur mari ou à leur amant.

En général, le corps de la femme est vite déformé après les vingt ans.

Mon père buvait ce spectacle des yeux. Puis il se pencha sur l'endormie, et entama une litanie de caresses lentes de la plus grande délicatesse. Ma mère soupirait, puis elle releva comme en dormant l'autre jambe et elle se mit à faire d'étranges mouvements des hanches. Le sang me monta au visage ; j'avais honte ; je voulais détourner les yeux, mais je ne le pouvais pas. Mon père ayant alors accéléré et appuyé ses baisers, ma mère ouvrit les yeux, comme si elle venait de se réveiller en sursaut, et elle dit avec un profond soupir :

— Est-ce toi, mon cher mari ? Je rêvais justement de toi. Comme tu me réveilles d'une façon agréable ! Mille et mille bons vœux pour ton anniversaire !

— Le plus beau, tu me le portes en me permettant de te surprendre. Comme tu es belle aujourd'hui ! Tu aurais dû te voir !

— Mais aussi, me surprendre à l'improviste ! As-tu poussé le verrou ?

— Sois sans crainte. Mais si tu veux réellement me souhaiter du bien, laisse-toi faire, ma jolie chérie. Tu es aussi fraîche et parfumée qu'une rose pleine de rosée.

— Je te permets tout, mon ange. Mais ne veux-tu pas attendre jusqu'au soir ?

— Tu n'aurais pas dû t'exposer d'une façon si enivrante. Tiens, tu peux te convaincre aisément que je ne puis plus attendre !

Et ses baisers ne voulaient point finir. Cependant, sa main devenait de plus en plus amoureuse et caressante, et ma mère répondait de son mieux à ses attaques. Les baisers devenaient plus ardents. Mon père lui baisait le cou, les seins, il lui suçait les petits boutons roses, la caressait avec ardeur, lui disant de tendres mots d'amour qui interrompaient parfois la douce caresse de ses lèvres, et ma mère lui répondait sur le même ton. Comme il me tournait le dos, je ne pouvais pas voir ce qu'il faisait, mais je concluais des légères exclamations de ma mère qu'elle ressentait un plaisir extraordinaire. Ses yeux se noyèrent, ses seins tremblaient, tout son corps tressaillait. Elle soupirait par saccades :

« Quels délices Je t'adore ! Ce que tu es aimable ! Ah ! Pourquoi nous aimons-nous tant ! »

Et puis ce furent des onomatopées voluptueuses !

Chacune de ces paroles s'est fixée dans ma mémoire. Combien de fois les ai-je répétées en pensées ! Ce qu'elles m'ont fait réfléchir et rêver ! Il me semble que je les entends encore sonner dans mes oreilles.

Il y eut un moment d'arrêt. Ma mère restait immobile, les yeux clos, le corps détendu, dans l'attitude d'un soldat blessé qui ne peut plus suivre l'armée victorieuse. Je n'avais plus devant moi mon père sévère, ni ma mère vertueuse et digne. Je voyais un couple d'êtres ne connaissant plus aucune convention, se jeter éblouis, ivres, dans une jouissance ardente que je ne connaissais pas. Mon père resta un instant immobile, puis il s'assit sur le bord du lit. Ses yeux brûlants avaient une expression sauvage, ils ne pouvaient se détourner du point de leur convoitise. Ma mère gémissait voluptueusement. Durant ce spectacle, le souffle me manquait, je faillis étouffer, mon cœur battait trop fort. Mille pensées s'éveillèrent dans ma tête, et j'étais inquiète, car je ne savais comment quitter ma cachette. Mon incertitude ne dura cependant point, car ce que je venais de voir n'était qu'un prélude. Tout de suite je devais en voir assez en une seule fois pour ne plus avoir besoin de leçon ultérieure.

Mon père s'était assis à côté de ma mère étendue. Il tournait maintenant le visage vers moi. Il devait avoir chaud, car tout à coup il enleva chemise et robe de chambre pour ne reprendre que sa robe.

Je pleurais presque, tant la curiosité m'excitait.

Comme cela était autrement fait que chez les petits garçons et aux statues ! Je me souviens très bien que j'en avais peur et que, pourtant, un frisson délicieux me coulait dans le dos. Mon père n'y prenait pas garde, il fixait toujours ses yeux sur ma mère, il semblait maîtriser sa propre ardeur comme s'il cherchait à ne pas effaroucher la victime qu'il allait sacrifier sur l'autel où, résignée, elle attendait le sacrificateur.

Je tremblais de plus en plus fort, et comme s'il allait m'arriver quelque chose, je crispais violemment tout mon être.

Je savais déjà, par les racontars de mes amies, que ces deux parties exposées pour la première fois à ma vue s'appartenaient. Mais comment était-ce possible ? Je ne le pouvais pas comprendre, parce qu'il me paraissait que leur grandeur était disproportionnée. Après une pause de quelques instants, mon père saisit la main brûlante de ma mère et la porta passionnément à ses lèvres. Ma mère se laissa faire avec une sorte de résignation béate, et s'agitant péniblement elle ouvrit les yeux, sourit langoureusement, puis se pendit avec une telle passion aux lèvres de mon père que je compris aussitôt n'avoir assisté qu'aux préliminaires innocents de ce qui allait se passer. Ils ne parlaient pas. Mais après avoir échangé les plus brûlants baisers, ils se défirent tout à coup de ces voiles que la civilisation et le climat imposent à la frileuse humanité.

Puis ma mère se renversa sur un tas de coussins, comme pour prendre un long repos, et je remarquai qu'elle s'agitait de-ci de-là ; enfin elle trouva la position la plus favorable pour pouvoir se contempler aisément dans le miroir qu'elle avait dressé au pied du lit avant l'arrivée de mon père. Mon père ne le remarqua point, car il regardait moins le beau visage rayonnant de ma mère que le radieux spectacle offert par tout son être. Elle avait trouvé maintenant la position qu'elle cherchait et mon père s'agenouilla devant elle et se dirigea, nouveau Moïse, vers la terre promise, ou, nouveau Colomb, vers les Indes désirées, ou, nouveau Montgolfier, vers le ciel qu'il voulait atteindre, ou, Dante d'un nouveau Virgile, vers l'enfer passionné, et elle-même poussait des roucoulements enivrés. Puis elle dit :

« Aime-moi avec une grande douceur, mon cher homme, pour que notre félicité soit sans cesse la même. Aujourd'hui, demain et toujours, même jusque dans la plus extrême vieillesse et encore, si c'est possible (ce dont je ne doute pas) après la mort qui ne pourra point séparer deux cœurs aussi tendrement unis que les nôtres. »

Moi, pauvre petite fille ignorante, que comprenais-je alors à ce que ma mère disait ? Je vis que, quand elle eut dit cela, ils s'étreignirent avec une tendresse et une ardeur juvéniles. Au lieu de crier de douleur, ainsi que je m'y attendais, ma mère faisait briller ses yeux de joie. Elle murmurait les mots les plus doux et les mieux trouvés, qu'elle répétait au hasard, comme aurait pu le faire un petit enfant. Ses yeux ardents suivaient dans le miroir tous leurs mouvements et tous leurs gestes. Les mille sentiments qui m'agitaient alors ne me permirent pas de juger que ces deux corps enlacés étaient très beaux. Je sais maintenant qu'une telle beauté est extrêmement rare. La beauté est toujours l'apanage des êtres sains et forts, et fort peu de personnes restent ainsi jusque dans l'âge mûr : les maladies, les soucis, les passions, les vices trop communs dans la société humaine ont pour premier effet de détruire en partie la force et la beauté dès que la jeunesse, ce printemps de la vie tire à sa fin. Ma mère s'agitait doucement et souriait encore. A chaque parole on eût dit que leur volupté grandissait. Malheureusement, je ne voyais pas le visage de mon père ; mais à ses mouvements, à ses exclamations comme aux frissons qui parcouraient ces deux êtres si bien faits pour vivre ensemble, je sentais bien que l'ivresse les gagnait. Mon père bientôt ne parlait plus. Ma mère, par contre, poussait des paroles incohérentes, à peine intelligibles, mais qui me permettaient néanmoins de saisir ce qui se passait entre eux :

« Ne nous quittons jamais, mon seul aimé ! Que la mort même nous accueille nous tenant par la main. Non, jamais. Ah ! Comme tu es fort, comme tu es bon ! Je t'aime plus encore aujourd'hui qu'au temps de nos fiançailles. Dis-moi, le souvenir de ce temps-là doit te faire plaisir ! Et toi, m'aimes-tu toujours comme en ces temps bénis où tu m'avouais ton amour ? Oh ! Cher compagnon de ma vie, dis-moi que je suis ta compagne chérie et que jamais, même un seul instant, tu n'as cessé de m'aimer comme au premier jour, celui où tu m'apportas ce jolie bouquet de pensées et de myosotis ! »

Mon père ne disait toujours rien. Il souriait avec bienveillance et caressait le visage de son épouse bien-aimée. Lui aussi, sans aucun doute, pensait au temps écoulé de la jeunesse, au temps où prétendant à la main de ma mère, il lui offrait timidement des bouquets de pensées et de myosotis qu'elle acceptait en tremblant. Et le visage extasié il se jeta sur le lit où il demeura immobile, comme mort, la tête perdue dans la houle des souvenirs. Puis il se tourna comme épuisé sur le côté. Ma mère sortit la première de ces pensées d'autrefois ; j'eus le temps de remarquer le changement qui se produisait chez tous les deux. Mon père, qui, quelques instants auparavant, paraissait si fort, si courageux, si vaillant, si menaçant, était devenu un être faible et sans ressort, on eût dit ce coureur de Marathon après qu'il eut annoncé la victoire, ou encore l'Arabe abandonné par la caravane. Ma mère paraissait plus vivante, bien que la lassitude se peignît sur son beau visage aux traits calmes, aux couleurs charmantes et aussi vives que si elle avait été de la première jeunesse.

Elle se leva et s'accouda pour contempler mon père avec tendresse. Heureux époux, qu'une longue union n'avait point lassés l'un de l'autre ! J'étais là, vivant témoignage de leur tendresse, mais leur tendresse paraissait toujours forte, aussi vivante ! Rares époux, trop rares en vérité, je ne pense jamais à vous sans me souvenir de cette scène inoubliable.

Enfin, ma mère se recoucha auprès de mon père immobile et rêveur. Il avait maintenant l'air complètement satisfait ; ma mère, non. Elle semblait être en proie à la même excitation qui s'était emparée de lui, tout à l'heure. Elle se leva. En faisant sa toilette, elle releva, comme par hasard, le miroir, et mon père, qui était maintenant à sa place, sur l'oreiller, ne pouvait point voir l'image qui l'avait tant réjouie. J'avais suivi cette scène avec tant d'attention que ce petit geste ne m'échappa point, mais je ne me l'expliquai que beaucoup plus tard. Je croyais que tout était maintenant terminé. Mes sens étaient violemment agités et me faisaient presque mal. Je pensais enfin à me sauver sans trahir ma présence, mais je devais encore voir quelque chose. Assise à ses pieds, ma mère se pencha sur mon père, l'embrassa et lui demanda tendrement :

— Es-tu heureux ?

— Plus que jamais, adorable femme. Je regrette seulement que tu paraisses l'être moins que moi. Je t'aime non seulement avec tendresse, mais plutôt avec une tendre fureur.

— Mais cela ne fait rien. A ton anniversaire je ne cherche que ton plaisir. D'ailleurs je ne t'aime pas moins que tu ne m'aimes toi-même.

En disant cela, elle se pencha sur lui et se mit à le baiser doucement en levant sur lui ses grands yeux tendres. Maintenant, je voyais bien mieux tout ce qui se passait. D'abord, elle le baisa du bout des lèvres, le caressant, le dorlotant, comme elle eut fait d'un petit enfant, et des spasmes crispèrent le visage de mon père. De sa main droite il la pressait contre lui et lui rendait ses baisers sur sa belle chevelure dénouée comme celle d'une prêtresse des forêts germaniques. Je voyais ses longs cheveux bouclés, ses yeux profonds, aux longs cils, son joli nez droit aux narines frémissantes, tandis que sa bouche s'entrouvrait sur ses belles dents blanches. Enfin, ô merveille, les yeux de mon père ressuscitèrent, il redevint charmant, galant tout d'abord et reprit la force avec laquelle il m'était apparu. Ma mère était arrivée à ses fins, ses yeux rayonnaient de convoitise, et comme mon père restait couché, visiblement satisfait de contempler l'attrayante mise de ma mère, elle se remit près de lui tout à coup et le couvrit de baisers. Le corps de mon père était couché tout de son long. Le hasard avait tout disposé en ma faveur. Je voyais cette scène en double : une fois, dans le lit dont le bas côté me faisait face ; l'autre fois, par derrière, dans le miroir. Ce que jusqu'à présent je n'avais pu distinguer qu'en partie, suivant l'éloignement ou le rapprochement du corps, je le voyais en plein, aussi distinctement que si j'y avais participé. Je n'oublierai jamais ce spectacle ! C'était le plus beau que je pouvais désirer. Il était beaucoup plus beau que tous ceux auxquels j'ai goûté dans la suite. Les deux époux étaient en pleine santé, forts et surexcités. Ma mère était maintenant active, tandis que mon père était beaucoup plus calme qu'auparavant. Il étreignait son épouse charmante et blanche, prenait ses cheveux entre les lèvres, les mordait quand ma mère se penchait trop, et tout son corps, sauf sa bouche, restait presque immobile. Ma mère, au contraire, dépensait une vivacité extraordinaire. De la main elle caressait le beau front intelligent de son mari jusqu'à la racine de ses cheveux. Tout ce que j'avais vu précédemment m'avait consternée et fait peur. J'étais troublée, agitée d'une façon incompréhensible et très douce. Si je n'avais craint le froissis de mes robes, j'aurais remué pour détendre mes nerfs crispés et pour déraidir mes jambes depuis longtemps immobiles. Ma mère avait tout oublié ; cette femme sérieuse et grave n'était plus qu'une épouse effrénée. Ce spectacle était indescriptible et beau. Les membres robustes de mon père, les formes rondes, blanches et éblouissantes de ma mère, et, surtout, le feu de leurs beaux yeux qui s'agitaient comme si toutes les forces vitales de ces deux êtres heureux se fussent concentrées en eux ! Quand ma mère se dressait, je voyais leurs lèvres se séparer avec regret l'une de l'autre et se reprendre étroitement serrées, je voyais leurs mains jouer dans leurs chevelures ; parfois ils souriaient, et le sourire apparaissait pour disparaître au plus vite. Maintenant, ma mère se taisait. Tous les deux, ils semblaient heureux au même degré. Leurs yeux se noyèrent au même instant, et au moyen de la plus haute extase mon père parut renaître pour de bon ; cette fois il poussait de profonds soupirs, s'écartait parfois de ma mère comme pour mieux pouvoir contempler le spectacle chéri que lui présentait le visage surprenant et mutin de sa délicieuse et adorable épouse. Mon père cria :

— Je t'aime, ô ma femme bénie, je t'aime !

Et au même instant, ma mère :

— Oui, oui, nous nous aimons comme Philémon et Baucis !

Leur ravissement dura quelques minutes, puis ce fut le silence.

J'étais comme pétrifiée. Les deux êtres pour lesquels j'avais ressenti jusqu'à présent le plus d'amour et de respect venaient de me révéler des choses sur lesquelles les jeunes filles se font des idées délicieusement absurdes. Ils avaient rejeté toute dignité et toutes les conventions dans lesquelles ils s'étaient toujours montrés, dignes et sans passion. Ils venaient de m'apprendre que le monde, sous le maintien extérieur des mœurs et des convenances, ne recherche que la jouissance et la volupté. Mais je ne veux pas faire de la philosophie, je veux avant tout raconter.

Durant dix minutes ils restèrent comme morts sous les draps. Puis ils se levèrent, s'habillèrent et quittèrent la chambre. Je savais que ma mère allait mener mon père dans la chambre où les cadeaux étaient exposés. Cette chambre donnait sur la véranda qui menait au jardin. Au bout de quelques minutes je quittai furtivement ma cachette et me sauvai dans le jardin, d'où je saluai mes parents. Je ne sais pas comment je pus réciter ma poésie et présenter mes bons vœux à mon père. Mon père prit mon trouble pour de l'attendrissement. Pourtant je n'osais regarder mes parents, je ne pouvais oublier le spectacle qu'ils venaient de m'offrir ; l'image de leurs ébats était devant mes yeux. Mon père m'embrassa, puis aussi ma mère. Quelle autre espèce de baisers n'était-ce pas ? J'étais si troublée et si confuse que mes parents le remarquèrent à la fin. Je mourais d'impatience de regagner ma chambre pour être seule et approfondir ce que je venais d'apprendre et me livrer enfin à des expériences personnelles. Ma tête était en feu ; mon sang battait dans mes artères.

Ma mère crut que je m'étais trop serrée. Elle m'envoya dans ma chambre. J'avais une belle occasion pour me déshabiller, et je le fis avec une telle hâte que je déchirai presque mes habits. Que mon corps angulaire était laid en comparaison de la beauté plantureuse de ma mère ! C'est à peine si s'arrondissait ce qui chez elle était épanoui. J'étais comme une chèvre, tandis qu'elle représentait une belle chatte ; il me semblait que j'étais un monstre de laideur auprès d'elle. J'essayais de faire seule ce que j'avais vu faire par d'autres que moi et ne pouvais comprendre comment certains détails corporels si peu importants pouvaient déchaîner des joies qui m'étaient encore refusées. J'en conclus que j'étais trop jeune et que seuls les êtres d'âge mûr peuvent éprouver tant d'allégresse ; cependant j'avais des sensations très agréables. Mais je ne pouvais pas comprendre comment elles pouvaient déchaîner un tel délire et vous faire perdre les esprits. J'en conclus encore que l'on ne pouvait atteindre cette suprême volupté qu'avec le concours d'un homme. Je comparais le pasteur à mon père. Est-ce qu'il posait aussi ? Etait-il aussi bouillant, aussi voluptueux, aussi fou seul à seul avec une femme ? Serait-il ainsi avec moi si j'étais prête à faire tout ce que ma mère avait fait ? Et je ne pouvais oublier cette image, entre toutes belle, quand ma mère, pour le ranimer de ses caresses, avait si longtemps regardé mon père dans les yeux et l'avait caressé au front avec une langueur adorable.

En moins d'une heure, j'avais vécu dix ans. Quand je vis que tous mes essais étaient vains, je les abandonnai fatiguée et je me mis à réfléchir à ce que j'allais entreprendre. J'étais déjà très systématique, je tenais un journal où je notais mes petites dépenses et toutes mes observations. Aussi notai-je tout de suite les paroles entendues, mais, par prudence, sur différents papiers, pour que personne ne pût comprendre les phrases détachée. Puis je me mis à réfléchir à ce que j'avais vu et bâtis des châteaux en Espagne.

Premièrement : ma mère avait fait semblant de dormir et, par sa pose provocante, elle avait obligé mon père à satisfaire son désir. Avec beaucoup de soin elle avait caché son désir à mon père. Elle voulait faire semblant de condescendre, d'accorder. Puis elle avait aussi disposé le miroir pour jouir doublement et en cachette. Ce que j'avais vu moi-même dans le miroir m'avait aussi causé plus de plaisir que la simple réalité, j'y voyais distinctement des choses qui sans cela m'auraient été cachées. Tous ces préparatifs, elle les avait faits à l'insu de mon père. Elle ne voulait donc point lui avouer qu'elle jouissait plus que lui. Enfin, elle lui avait aussi demandé s'il ne voulait pas attendre jusqu'au soir, elle qui avait tout préparé pour assouvir immédiatement son désir !

Deuxièmement : tous les deux avaient crié :

— Je t'aime, je t'aime !

Ils avaient aussi parlé de quelque chose qui se passait au moment de l'extase, ils s'étaient écriés ensemble encore une fois :

— Je t'aime !

De quoi parlaient-ils ? Je n'arrivais pas à comprendre. Je ne puis pas vous dire toutes les explications stupides que j'inventai alors. Il est étonnant que, malgré leur ruse naturelle, les jeunes filles cherchent si longtemps dans les ténèbres et qu'elles ne découvrent que très rarement les explications les plus simples et les plus naturelles.

Il était évident que les baisers et les jeux n'étaient pas le principal : ils n'étaient que des excitants, bien que ma mère ressentît alors la plus forte volupté. Les jeux de mon père lui avaient fait crier :

— Je t'aime, elle désirait probablement un baiser, et elle avait fait la même chose à mon père.

Bref, j'avais tant de pensées que je ne pus me calmer de tout le jour. Je ne voulais questionner personne. Puisque mes parents faisaient ces choses en cachette, elles devaient être défendues. Beaucoup de visites vinrent dans la journée, et dans l'après-midi arriva mon oncle. Il était accompagné de sa femme, de ma cousine, une fillette de seize ans, et d'une gouvernante de la Suisse française. Ils passèrent la nuit chez nous, car mon oncle avait affaire en ville le lendemain. Ma cousine et sa gouvernante partagèrent ma chambre. Ma cousine devait coucher avec moi. J'aurais préféré partager la couche de la gouvernante, pour laquelle on dressa un lit de camp. Elle avait environ vingt-huit ans, était très vive et n'était jamais à court d'une réponse. Sans doute elle aurait pu m'apprendre bien des choses. Je ne savais comment l'entreprendre, car elle était très sévère avec ma cousine, mais j'aurais pu compter sur l'intimité de la nuit et sur le hasard. Je forgeai mille plans. Quand nous montâmes dans notre chambre, Marguerite (c'est ainsi que s'appelait la gouvernante) s'y trouvait déjà. Elle avait dressé un paravent entre nos lits. Elle nous pressa de nous coucher, nous fit réciter notre prière, nous souhaita bonne nuit, nous recommanda de nous endormir bientôt et emporta la lampe de son côté. Elle aurait pu se dispenser de faire ces recommandations à ma cousine, qui, à peine sous les draps, s'endormit aussitôt. Moi, je ne pouvais m'endormir. Mille pensées se brouillaient dans ma tête. J'entendais Marguerite remuer, elle se déshabillait et faisait sa toilette de nuit. Un faible rayon de lumière filtrait par un trou de la grosseur d'une tête d'épingle. Je me penchai hors du lit et je l'agrandis avec une épingle à cheveux. J'y collai mon œil, Marguerite changeait justement de chemise.

Son corps n'était pas aussi beau que celui de ma mère ; ses formes étaient pourtant rondes et pleines, les seins petits et fermes, les jambes bien faites. Je la regardais depuis quelques instants et à peine, quand elle rêva un petit moment. Puis elle sortit un livre de sa sacoche posée sur la table, s'assit sur le bord du lit et se mit à lire.

Bientôt elle se leva et passa avec la lampe de notre côté pour voir si nous dormions. Je fermai mes yeux de toutes mes forces et les rouvris quand la gouvernante se fut assise sur une chaise. Je la regardais à travers la déchirure. Marguerite lisait avec beaucoup d'attention. Le livre devait raconter des choses particulières, car ses yeux brillaient, ses joues se rougissaient, sa poitrine s'agitait et, tout à coup, elle porta le livre plus près de ses yeux, appuya les pieds sur le bord du lit, et se mit à lire avec encore plus d'attention et de plaisir. Je ne voyais pas ce à quoi elle voulait en venir, mais je pensai immédiatement à ce que j'avais vu le matin. Parfois, elle semblait lire avec une attentive lenteur, puis, la bouche entr'ouverte, elle s'agitait sur sa chaise. J'étais si intéressée par ce jeu que je ne remarquai pas tout de suite une lampe à alcool sur la table. Elle était allumée et un liquide fumant s'y chauffait. Elle avait dû l'allumer avant mon entrée dans la chambre. Elle trempait un doigt dans le liquide pour voir s'il était assez chaud. Quand elle le sortit, je vis que c'était du lait. Puis elle sortit un paquet de linge de sa sacoche, l'ouvrit, en déballa un instrument étrange dont je ne pouvais comprendre l'emploi. Il était noir et avait exactement la même forme que ce que j'avais vu le matin durant la scène conjugale. Elle le trempa dans le lait, puis le porta à sa joue pour s'assurer si l'instrument était suffisamment chaud. Enfin elle en retrempa la pointe dans le lait, pressa sur les deux boules à l'autre bout et remplit l'instrument de lait chaud. Elle se rassit, mit ses jambes sur le lit, juste en face de moi, si bien que je la voyais en plein, et releva le livre qui était tombé à terre. Marguerite reprit le livre de la main gauche (j'avais tout juste eu le temps d'entrevoir quelques images, sans distinguer pourtant ce qu'elles représentaient), elle saisit l'instrument de sa main droite et se remit à lire avec une si grande attention que moi aussi je tentais de lire le titre, que je ne pouvais voir qu'à l'envers. Elle promenait le livre lentement de haut en bas et sans cesser sa lecture se grattait parfois les cheveux. Ses yeux luisaient, ils semblaient absorber les images du livre. Enfin elle trouva le passage intéressant et son attention redoubla, tandis que sa langue jouait de temps en temps sur le bord de ses lèvres rouges et bien dessinées, et Marguerite soupirait délicieusement. Elle tenait toujours l'instrument que je ne voyais presque plus, étant donné nos positions réciproques. Puis elle le remit dans le rayon de mon regard et elle semblait maintenant tenir en main un jouet dont elle se servait avec toujours plus d'entrain, de fièvre, jusqu'à ce que le livre tombât par terre. Elle fermait les yeux et les rouvrait pour les refermer aussitôt. Ses mouvements des paupières et de la tête se précipitaient. Son corps se pâmait. Elle se mordait violemment les lèvres comme pour étouffer un cri qui l'aurait trahie. L'instant suprême approchait. Je vis qu'elle se raidissait comme quelqu'un qu'un grand danger menace et qui, voulant vivre à tout prix, se prépare à résister. Ainsi, elle resta immobile, profondément émue. Enfin, ses yeux s'ouvrirent. Elle fit un effort comme quelqu'un que la fatigue contraint à bâiller, puis elle remit tout en ordre, très soigneusement, empaqueta l'instrument dans sa sacoche et vint encore une fois de notre côté voir si nous dormions. Puis elle se coucha et s'endormit bientôt, le visage heureux et satisfait. Je ne pouvais m'endormir. J'étais heureuse d'avoir la solution de certaines énigmes qui depuis le matin s'agitaient dans ma petite tête.

Au fond, j'étais exaspérée. Je résolus de questionner Marguerite. Elle devait me soulager, m'éclaircir, m'aider. Je forgeai mille plans. Ma prochaine lettre vous dira de quelle façon je les exécutai.

Ai-je été assez franche ?

3
Leçons d'amour

Marguerite était mon seul espoir. J'aurais voulu passer tout de suite de son côté et me coucher dans son lit. Je l'aurais suppliée, menacée ; elle aurait dû m'avouer et m'expliquer ces choses étranges, défendues et excitantes que je connaissais d'aujourd'hui. Elle m'aurait appris à les imiter, ce dont j'avais si fortement envie. Je possédais déjà cette froide raison et cet esprit pratique qui m'évitèrent plus tard bien des choses désagréables. Un hasard pouvait me trahir et je pouvais être surprise, ainsi que j'avais surpris mes parents. Je sentais qu'il s'agissait de choses défendues ; je voulais prendre mes précautions. J'étais en feu et mon corps, çà et là, me démangeait et me picotait. Je serrais étroitement mes oreillers, et quand j'eus pris la résolution d'accompagner mon oncle à la campagne, pour trouver l'occasion de parler avec Marguerite, je m'endormis.

Je n'eus pas de peine à faire accepter mon plan. Mes parents me permirent de passer huit jours à la campagne. La propriété de mon oncle se trouvait à quelques lieues de la ville, et nous partîmes après dîner. Durant tout le jour je fus aussi complaisante et aimable que possible. Marguerite semblait me voir avec plaisir. Ma petite cousine n'était pas indifférente, et mon cousin était fort timide. Comme il était le seul jeune homme que je pouvais fréquenter sans soupçons, j'avais d'abord pensé à m'adresser à lui. Il aurait pu me soulager de toutes les énigmes qui me tourmentaient depuis que je m'étais cachée dans l'alcôve. J'étais très aimable avec lui, même provocante ; mais il m'évitait toujours. Il était pâle et maigre, ses yeux inquiets et troubles. Cela lui était très désagréable quand je le touchais pour le chicaner. J'appris bientôt la raison de cette conduite, d'autant plus étrange que tous les jeunes gens que je connaissais dans la société courtisaient les demoiselles. Nous arrivâmes à la propriété de mon oncle sur les huit heures du soir. Il faisait très chaud. Fatigués de la route, nous nous hâtâmes de monter dans nos chambres pour faire un brin de toilette. Nous prîmes le thé. Très naïvement, je m'arrangeai de façon à coucher dans la chambre de la gouvernante. Je prétendis avoir peur de coucher toute seule dans ma chambre étrangère. On trouva cela tout naturel. J'avais imposé ma volonté, j'étais contente, convaincue d'arranger aussi tout le reste d'après mes plans. Pourtant, je ne devais pas aller au lit sans avoir encore une aventure ce jour-là. Aujourd'hui encore, je ne puis la raconter sans dégoût. Après le thé, je voulus soulager un besoin naturel. Il y avait deux portes, côte à côte. Les deux lieux étaient séparés par des planches, dont quelques-unes étaient très largement fendues. Je voulais justement sortir, quand j'entendis que quelqu'un s'approchait. On entra dans le cabinet d'à côté. On verrouilla la porte. Je ne voulais pas sortir avant que mon voisin s'éloignât. Par curiosité et sans mauvaise pensée, je regardai par une fente. Je vis mon cousin. Il s'occupait de toute autre chose que je croyais. Il s'était assis les jambes allongées et tâchait de réveiller sa léthargie avec beaucoup de feu, et je vis que l'opération prenait bientôt une excellente tournure. Ainsi que mon corps ne pouvait pas être comparé à celui de ma mère, celui de mon cousin ne pouvait l'être avec le corps de mon père. Il s'occupait avec beaucoup de constance. Ses yeux si froids s'animèrent peu à peu. Je le vis frissonner, crisper ses lèvres et tout à coup le résultat de tant d'efforts apparut, résultat encore énigmatique pour moi. Je regardai par terre pour me rendre bien compte du but qu'avait poursuivi la main, maintenant immobile et fatiguée. Ce spectacle m'expliquait bien des choses, particulièrement tout ce que mes parents avaient dit, et je savais ce que Marguerite avait remplacé artificiellement. Tout cela me répugna outre mesure. Pourtant, durant ce spectacle, une nervosité grandissante s'était mêlée à ma curiosité. Mais maintenant, en voyant la prostration et l'abattement de ce jeune homme, son péché secret me dégoûtait. Ses yeux étaient fixes et troubles. Mes père et mère étaient beaux, quand ils criaient « Je t'aime » ou autre chose ; mon cousin, par contre, était laid, grotesque, semblait flétri. Je comprenais très bien ce que Marguerite faisait, car une jeune fille est toujours forcée de se livrer secrètement à ses sentiments et à ses jouissances. D'ailleurs elle l'avait fait avec enthousiasme, avec vivacité et passion ; mon cousin, par contre, s'y était livré machinalement, sans poésie, las et animalement. Qu'est-ce qui pouvait pousser un jeune homme sain et robuste à s'adonner à une passion aussi misérable, alors qu'auprès de tant de femmes et de filles il aurait pu se satisfaire beaucoup plus facilement ?

Je me sentais comme personnellement offensée, frustrée de quelque chose. Si avec un peu d'adresse il s'était adressé à moi, je lui aurais probablement fait tout ce que ma mère avait fait à mon père, ce qui l'avait ravi.

J'avais appris bien des choses. J'en tirai de justes conclusions. Je n'avais plus besoin que de l'initiation de Marguerite pour être complètement éclairée. Je voulais absolument savoir pourquoi on cachait si soigneusement ces choses ; je voulais savoir ce qui était dangereux, ce qui était défendu, et voulais goûter moi-même ces voluptés dont j'avais vu les éclats.

La nuit tombait. Un lourd orage se préparait. A dix heures, au premier coup de tonnerre, nous allâmes tous nous coucher. Ma petite cousine couchait dans la chambre de ses parents ; j'étais donc seule avec Marguerite. J'observais très attentivement tout ce qu'elle faisait. Elle verrouilla la porte, ouvrit sa sacoche et mit ses effets dans une armoire. Elle cacha le paquet mystérieux sous une pile de linge, ainsi que le livre dans lequel je l'avais vue lire. Je résolus aussitôt de profiter de mon séjour à la campagne pour prendre connaissance de ces objets et les étudier soigneusement. Marguerite devait tout me confesser, sans que j'eusse besoin de la menacer de révéler ses joies secrètes. J'étais très fière de sentir que ma ruse allait la surprendre, la convaincre, la réduire ; que j'allais l'obliger à m'avouer tout, sans autre subterfuge. Ma curiosité grandissait et je ne sais pas pourquoi je goûtais un plaisir particulier.

L'orage éclata. Les coups de tonnerre se succédaient sans interruption. Je fis semblant d'avoir très peur. Marguerite venait à peine de se coucher qu'au premier éclair je sautai hors de mon lit et je me réfugiai toute tremblante auprès d'elle. Je la suppliai de bien vouloir me recevoir ; je lui dis que ma mère le faisait à chaque orage. Elle me prit dans son lit, me caressa pour me tranquilliser. Je la tenais enlacée, je la serrais de toutes mes forces. A chaque éclair, je me blottissais contre elle. Marguerite m'embrassait machinalement, par bonté et non comme je l'aurais désiré. Je ne savais comment faire pour obtenir davantage.

La chaleur de son corps me pénétrait et me réjouissait beaucoup. Je cachais mon visage entre ses seins. Un frisson inconnu me courait le long des membres. Pourtant je n'osais pas toucher ce que je désirais tant. J'étais prête à tout et je n'avais plus aucun courage, maintenant que tout allait s'accomplir. Tout à coup, je m'avisai de me plaindre d'une douleur qui siégeait assez bas. Je ne savais pas ce que cela pouvait être. Je gémissais. Marguerite me tâta et je guidai sa main de-ci de-là. Je lui assurai que la douleur diminuait quand je sentais la chaleur de sa main et qu'elle disparaissait complètement quand elle me frictionnait. Je disais cela si candidement que Marguerite ne pouvait pas deviner mon dessein. Ses attouchements étaient d'ailleurs beaucoup trop dociles et non pas passionnés. Je l'embrassais, je me serrais contre elle, mes bras l'étreignaient, emprisonnaient son buste et, peu à peu, je sentis que d'autres sentiments l'envahissaient.

Sa main me caressait avec précaution, avec timidité même, mais avec cette timidité sûre d'elle-même et qui finit par arrivera ses fins. Marguerite allait avec beaucoup d'hésitation encore. Elle était aussi craintive que moi. Ces caresses peureuses me causaient pourtant un plaisir indicible. Je sentais que chez elle aussi des désirs s'éveillaient. Mais je me gardai bien de lui avouer que ses caresses me faisaient plus de bien que le soulagement passager de mes prétendues douleurs. Et, en vérité, c'était une sensation tout autre que de savoir une main étrangère sur moi !

Une chaleur ravissante pénétrait tout mon corps. Et quand son doigt me frôlait, comme le papillon frôle la fleur épanouie, je tressaillais longuement. Je lui dis alors que ma douleur persistait, que j'avais dû me refroidir, puisque j'avais si mal. Cela lui faisait évidemment plaisir de pouvoir soulager mon mal avec si peu de peine. Sa caresse se faisait exquisément douce, maintenant elle descendait, s'attardait de plus en plus aux endroits les plus sensibles de tout mon être. Mais cela me faisait réellement mal ; quand je tressaillais, elle retournait bien vite au point douloureux. Elle s'excitait manifestement ; sa tendresse augmentait, son étreinte était plus étroite. J'avais atteint mon but. Bien que mon expédient ne fût pas très ingénieux, elle se plaignit tout à coup d'une douleur de même sorte que la mienne. Elle aussi s'était probablement refroidie. Je lui proposai de la soulager comme elle avait fait pour moi. C'était très naturel, puisqu'elle-même me faisait tant de bien. Elle agréa aussitôt mon offre et me laissa libre chemin. J'étais très fière de voir ma ruse réussir. Néanmoins je caressais gauchement et timidement l'objet de tous mes désirs. Je ne voulais pas me trahir. Je reconnus tout de suite une très grande différence.

Tout était beaucoup plus plein et plus mûr que chez moi. Ma main ne bougeait pas, elle se contentait de toucher.

Marguerite ne pouvait supporter cette immobilité. Elle se soulevait, se tordait ; ses bras tremblaient et s'agitaient étrangement, et tout à coup elle me déclara que sa douleur exigeait plus d'activité. Complaisamment, mais sans trop me presser, je tâchai d'apaiser cette malencontreuse douleur. J'éprouvais un grand plaisir à reconnaître tous les détails de l'admirable structure de la créature humaine. Mais j'étais toujours si maladroite et si inexpérimentée que Marguerite devait s'agiter elle-même pour cueillir le fruit de sa dissimulation. C'est ce qu'elle faisait aussi et je tenais maintenant le rôle que mon père avait eu quand ma mère était active et lui immobile. Marguerite approchait, haletante et tremblante, elle se jetait passionnément sur ma chevelure, elle baisait mes cheveux jusqu'à la racine. Au début, ses baisers étaient tièdes et humides, bientôt ils furent brûlants et secs. Maintenant elle poussait des petits cris inarticulés et mon front fut tout à coup pressé dans un baiser très chaud. Je compris qu'elle était arrivée aux dernières limites de son plaisir. Son excitation se calma aussitôt, elle s'étendit immobile à mes côtés et respirait avec peine.

Tout m'avait réussi. Le hasard et ma ruse m'avaient été propices. Je voulais mener cette intimité jusqu'au bout, coûte que coûte. Quand Marguerite revint à elle, elle était très gênée. Elle ne savait comment m'expliquer sa conduite et me cacher sa volupté. Mon immobilité la trompait. Elle pensait que j'ignorais encore tout de ces choses. Elle réfléchissait à ce qu'elle devait faire, à ce qu'elle devait me dire pour que l'aventure n'eût pas de suites fâcheuses quant à sa position dans la maison de mon oncle. Elle voulait me tromper sur le caractère de la douleur qu'elle avait feinte. Moi aussi j'étais indécise sur ce que j'allais faire. Devais-je faire semblant d'être ignorante ou justifier ma conduite en lui avouant ma curiosité ? Si je faisais l'ingénue, elle pouvait facilement me tromper et me raconter des choses inexactes que j'aurais été forcée de croire pour ne pas me trahir. Mais j'étais plus avide qu'anxieuse. Je résolus donc d'être sincère, tout en lui cachant pourtant que mon calcul avait amené le nouvel état de choses. Marguerite semblait regretter de s'être abandonnée à la fougue de son tempérament.

Je la calmai en lui racontant tout ce que j'avais appris le jour précédent. Je la suppliai de bien vouloir m'expliquer ces choses, puisque ses soupirs, ses mouvements et l'étrange fatigue qui l'avait immobilisée m'avaient révélé qu'elle était initiée. Je lui cachai cependant que je l'avais surprise, elle aussi, et que je savais à quels jeux elle se livrait en cachette ; car je voulais me convaincre qu'elle n'allait pas me tromper. Mes questions naïves et curieuses la soulagèrent beaucoup. Elle se sentait de nouveau très à l'aise, comme une aînée donnant des leçons ou des conseils à une ingénue. Et comme je lui racontais tout avec de nombreux détails, et même la conduite passionnée de ma mère, elle n'eut plus honte et m'avoua qu'à côté de la religion elle ne connaissait rien de plus beau au monde que les jouissances sexuelles. Elle m'apprit donc tout, et si dans la suite vous trouvez quelque philosophie dans mes notes, j'en dois les premières notions à ma chère Marguerite, qui avait une grande expérience.

J'appris la conformation exacte des deux sexes ; de quelle façon s'accomplissait l'union ; avec quelles sèves précieuses étaient atteints les buts naturels et humains, la perpétuation du genre humain et la plus forte volupté terrestre ; et pourquoi la société voile ces choses et les entoure avec tant de mystères. J'appris encore que, malgré tous les dangers qui les entourent, les deux sexes peuvent quand même atteindre un assouvissement presque complet. Elle me mit en garde contre les suites malheureuses auxquelles une jeune fille s'expose en s'abandonnant toute. Ce que ma main inhabile lui avait procuré et ce que mon cousin avait fait étaient de ces assouvissements presque complets. Bien qu'elle eût connu toutes les joies de l'amour dans les bras d'un jeune homme vigoureux, elle était complètement satisfaite en se bornant aux joies qu'elle pouvait se donner elle-même, car elle avait eu un enfant et elle avait connu tous les malheurs d'une fille-mère. Elle me montra par l'exemple de sa vie qu'avec beaucoup de prudence et de sang-froid on pouvait s'adonner à bien des jouissances. L'histoire de sa vie était très intéressante et très instructive ; elle me fut un exemple jusqu'à ma trentième année ; elle fera le contenu de ma prochaine lettre. Pourtant j'avais déjà deviné bien des choses par moi-même. Ce qu'elle m'apprit de nouveau ne cessait de me surprendre.

Tout cela était très beau, mais ce n'était toujours pas

la chose même. Je brûlais de partager et de connaître moi-même ces sensations qui, sous mes yeux, avaient agité jusqu'à l'évanouissement six personnes si différentes. Pendant que Marguerite parlait, j'avais repris mon jeu sur son corps qu'elle avait si sensible. J'enroulais les boucles de ses cheveux, et quand elle parlait plus passionnément, je pressais son front brûlant et écartais amoureusement les mèches qui tombaient presque jusqu'à ses yeux. Je voulais lui faire comprendre que mon éducation n'était pas complète sans la pratique. Elle me racontait comment elle s'était abandonnée pour la première fois à ce jeune homme qui l'avait rendue mère. Elle voulait me faire comprendre la sensation divine que cause l'amour partagé. Elle me parlait de l'extase, de l'effusion réciproque et plénière ; toutes ces belles choses la rendaient éloquente. Sa petite bouche se gonflait et s'entrouvrait, découvrant ses dents blanches et bien rangées. L'instant était venu de lui rappeler encore plus vivement ces choses. Et comme elle disait : « Il faut avoir goûté personnellement ces choses pour les comprendre », je lui fermai la bouche avec ma main grande ouverte, si bien qu'elle poussa un grand soupir et se tut im-médiatement. Je caressais fiévreusement le front élégant qui résistait à ma main, quand je m'arrêtai tout à coup et lui dis :

« Si vous voulez que je continue, vous devez me procurer un avant-goût de ce qui m'attend et de ce que vous m'avez si délicieusement décrit ! »

Aussitôt, elle me caressa gentiment comme je faisais, et je vis à la chaleur de ses baisers que ma proposition lui faisait le plus vif plaisir. Elle ôta ma main de sa bouche et m'embrassa avec toutes sortes de câlineries, de chatteries qui tenaient à la fois de la sœur et de l'amie, et que je ne savais pas bien lui rendre, car c'était la première fois que j'étais dans une telle situation.

Elle me dit alors tristement :

« Cela ne va pas, ma chère Pauline ! Ton âme est encore fermée à l'amour. Mais je ne veux pas te laisser ainsi sans rien. Viens, assieds-toi là, de la façon que je vais t'indiquer, de façon que je puisse t'enseigner, ainsi qu'il sied à une jeune fille aussi jolie que toi. Je vais voir si je peux te procurer verbalement ce que ta virginité te défend encore. »

Mon père avait aussi dit des mots aussi tendres à ma mère. Je ne me fis donc pas prier. Je m'agenouillai auprès d'elle en lui tenant la tête. A peine m'eut-elle touchée que mon âme commença à être renseignée sur ce qui me faisait si mal quand elle essayait de s'y prendre autrement. Mais quelle autre sensation en comparaison de tout ce que j'avais essayé jusqu'alors ! Dès que son activité de femme expérimentée se fut communiquée à moi, une volupté inconnue m'inonda et je ne savais plus ce que l'on me faisait. Nous parlions maintenant avec volubilité, nos corps étaient l'un près l'autre. Je me renversai par devant et, appuyée sur la main gauche, je jouais avec la droite avec une de ses nattes épaisses ; elle en avait deux qui descendaient très bas. Ces premières sensations de la volupté, que je devais connaître jusque dans mes années les plus mûres, m'enivraient déjà d'un bonheur ineffable. Sa langue m'éjouissait. Elle me chatouillait le front, les joues, le nez, aspirait chaque pli, baisait avec feu le tout, humectait mes paupières de salive, puis elle retournait aussitôt à mon oreille, où elle me causait un chatouillement vigoureux et indiciblement doux. Quelque chose de merveilleux et d'inconnu se pressait en moi. Toute ma sève allait se mettre en mouvement et je sentais que, malgré ma jeunesse, j'avais droit aux plus hauts ravissements. Je voulais lui rendre centuplé tout ce qu'elle me procurait. C'est avec rage que je la caressais, ainsi qu'elle-même me faisait. Enfin, ma main fut prise de fourmillements, à cause de la fausse position que j'avais adoptée à côté d'elle. Nous étions hors de nous et nous arrivâmes ensemble au but. Je sentis un dernier baiser mordre presque ma bouche, tandis que je la mordais également. Je perdis connaissance. Je m'abattis sur la jeune femme frissonnante. Je ne savais plus ce qui m'arrivait.

Quand je revins à moi, j'étais couchée auprès de Marguerite. Elle avait remonté la couverture et me tenait tendrement embrassée. Je compris tout à coup que j'avais fait quelque chose de défendu. Mon désir et mon feu s'étaient éteints. Mes membres étaient brisés. Je ressentais une violente démangeaison aux endroits que Marguerite avait si fertilement caressés ; le baume de ses baisers ne pouvait pas calmer ma tristesse. J'eus conscience d'avoir commis un crime et j'éclatai en sanglots. Marguerite savait que dans des cas semblables il n'y a rien à faire avec des petites niaises comme moi, elle me tenait contre sa poitrine et me laissa tranquillement pleurer. Enfin, je m'endormis.

Cette nuit unique décida de toute ma vie. Mon être avait changé et mes parents le remarquèrent à mon retour. Etonnés, ils m'en demandèrent la cause. Nos relations, entre Marguerite et moi, étaient aussi des plus étranges. Le jour nous pouvions à peine nous regarder ; la nuit, notre intimité était des plus folâtres, notre conversation des plus intimes, nos plaisirs des plus agréables. Je lui jurai de ne jamais me laisser séduire, et de ne jamais tolérer qu'un homme me fît connaître son étreinte dangereuse. Je voulais jouir de tout ce qui était sans danger. Quelques jours avaient suffi pour faire de moi ce que je suis encore et ce que vous avez si souvent admiré. J'avais remarqué que tout le monde se déguisait autour de moi, même les meilleures et les plus respectables. Marguerite, qui m'avait tout avoué, ne m'avait jamais parlé de cet instrument qui lui causait autant de joie que n'importe quelle autre chose et auquel elle n'aurait pas renoncé pour un empire. Je le désirais aussi de toute mon âme. Elle ne me l'avait jamais montré. L'idée me vint de dérober la clef de l'armoire où il était enfermé. Ma curiosité ne me laissait pas de repos. Je ne voulais pas avoir recours aux autres, je voulais tout apprendre par moi-même ! Durant cinq jours je n'arrivai pas à me procurer cette clef ; enfin, je la possédai ! Je profitai de ce que Marguerite donnait une leçon à ma cousine pour contenter ma curiosité. Et voici que j'avais la chose en main, je la retournais, j'éprouvais son élasticité. L'instrument était dur et froid. J'essayai de me rendre compte de sa réelle utilité. En vain. Cela était tout à fait impossible. Je ne ressentais aucun plaisir. Je ne pouvais que constater cette vérité qui me navrait. Je me contentai de chauffer l'instrument entre mes mains. J'avais décidé d'ouvrir enfin la voie des fortes joies que d'autres éprouvaient et dont je n'avais eu que l'avant-goût. Marguerite m'avait dit que même entre les bras d'un homme cela était douloureux, et que bien des femmes prenaient goût à ces choses seulement après plusieurs années d'abandon le plus complet à l'homme aimé. J'essayai donc. Je chauffai l'instrument entre mes mains et je m'apprêtai non sans une certaine appréhension. Je voulais recevoir l'hôte exigeant. Je remarquai que ces quatre nuits passées avec Marguerite avaient contribué à faire de grands changements en moi. J'étais maintenant non plus une petite niaise, mais presque une femme comme toutes celles que je voyais agir, souffrir ou jouir autour de moi. Aussi je ne m'épargnai pas. Je fis comme avait fait Marguerite tandis que je la regardais avec attention lors de l'étrange nuit où nous étions séparées par un paravent, et où elle lisait le livre à images. J'étais si excitée que je supportai toute la douleur avec une constance qui m'étonnait. Enfin, je parvins au but que j'avais si longtemps désiré et que je croyais devoir être le paradis. Je me fis du mal et ma déception fut en somme très vive, car je n'éprouvais pas la moindre volupté. Il me fut aussi très douloureux de me croire faite autrement que toutes les femmes. J'étais inconsolable de cette expérience. Je ne comprenais rien de ce qui m'était arrivé, mais je ressentis tout le jour la brûlure et la douleur d'une blessure. Désenchantée, je remis l'instrument dans sa cachette. J'étais mécontente et j'en voulais à Marguerite de ne m'avoir pas aidée et de m'avoir laissé faire quelque chose de maladroit.

Après tant d'expériences agréables, celle-ci était pénible. Je craignais la nuit, les tendresses de Marguerite et sa découverte. Comme je l'avais déjà trompée, je ne fus pas embarrassée de le faire encore une fois. Après souper, je lui confiai que j'étais tombée d'une échelle, que je m'étais blessée à la jambe et que j'avais même saigné. Au lit, elle m'examina et loin de se douter de ce qui était arrivé, elle me confia que cette chute m'avait coûté ma virginité. Elle ne me plaignit point, mais bien mon futur mari qui se trouvait ainsi frustré de mes prémices. Cela m'était bien égal alors et me le fut aussi plus tard ! Pour ne point me fatiguer, Marguerite me renvoya dans mon lit cette nuit-là. Je le désirais aussi. Elle m'enduisit de cold-cream, ce qui me fit beaucoup de bien. Le lendemain matin, je n'avais plus aucun mal. Et les deux dernières nuits que je passai encore à la campagne de mon oncle me dédommagèrent de cette courte privation. Je connus alors pour la première fois toute la jouissance de la volupté, et je la connus tout entière autant qu'aucune femme peut la connaître. Les sources du plaisir s'écoulèrent si complètes qu'il ne me resta plus un seul désir. L'assouvissement m'écrasa d'une fatigue entière et délicieuse.

J'éprouvais tout cela à quatorze ans, et mon corps n'était pas encore mûr ! Oui, et cela n'a jamais altéré ma santé et n'a pas diminué les riches réjouissances de ma vie. Mon cousin m'avait appris à redouter les excès et les prostrations qui en suivent. Grâce à mon caractère raisonnable, je ne dépassai jamais la mesure. Je soupesais toujours les suites qui pouvaient arriver, et une seule fois dans ma vie je m'oubliai assez pour perdre ma maîtrise et ma supériorité. J'avais appris de bonne heure que, d'après les lois de la société, il fallait jouir avec mille précautions pour le faire sans préjudices. Celui qui se heurte avec entêtement à ces lois nécessaires s'y assomme, il n'a que longs remords pour de courts instants de jouissances. Il est vrai que j'ai eu la chance de tomber, dès le commencement, entre les mains d'une jeune femme expérimentée. Que serait-il advenu de moi si un jeune homme s'était trouvé dans mon entourage et m'avait entreprise avec adresse ? Grâce à mon tempérament et à ma curiosité, je serais un être perdu. Si je ne le suis pas, je le dois aux circonstances dans lesquelles ces choses me furent révélées. Elles sont exquises autant qu'elles sont voilées. Et pourtant elles forment le centre de toute activité humaine. Avant de commencer ma troisième lettre, je remarque encore que, peu de temps après mes relations avec Marguerite, se montrèrent pour la première fois les signes de complet développement de mon corps.

4
Marguerite

Il est bien rare que deux femmes aient autant de points communs dans leurs penchants, dans leur vie et même dans leur destin que Marguerite et moi. Quand elle me mettait en garde contre un abandon trop complet à l'homme et qu'elle me détaillait toutes les suites malheureuses qu'une telle faute de conduite apporte lors du mariage, je n'aurais jamais pensé que moi aussi j'aurais un tel moment d'oubli. Avant de continuer, je vais vous raconter succinctement ce que j'ai appris de la vie de Marguerite, durant ces quelques nuits, et dans nos relations ultérieures. Cela expliquera bien mieux que je ne pourrais le faire certains événements, certaines aberrations de ma vie.

Elle était née à Lausanne. Après avoir reçu une très bonne éducation, elle devint orpheline à dix-sept ans. Elle possédait une petite fortune et croyait son avenir assuré. Mais elle eut le malheur de tomber entre les mains d'un tuteur sans conscience. Il n'était pas trop sévère, mais il lui détourna bientôt son petit pécule. Peu de temps après la mort de ses parents, elle entra au service d'une baronne viennoise, qui habitait une belle villa à Morges, au bord du lac de Genève. Elle prenait surtout soin de sa toilette. La baronne était très élégante et raffinée. Elle consacrait des heures à sa toilette. Les premiers jours, la baronne fut très réservée ; mais bientôt elle se fit plus aimable. Elle lui posait des questions, et entre autres si elle avait un amant. Au bout de quinze jours, voyant que Marguerite était encore innocente, la baronne devint très familière. Un beau matin, elle lui demanda si elle savait faire « la toilette complète ». Marguerite répondit non en rougissant, car elle savait bien ce que l'on entendait par toilette complète en Suisse française aussi bien qu'ailleurs. La baronne lui dit qu'elle devait absolument s'y mettre pour remplacer son ancienne femme de chambre et pour obtenir toute sa confiance. Et aussitôt, elle prit place sur un canapé, allongea ses jambes sur le dossier de deux chaises, s'installa commodément, lui remit un petit peigne d'écaille souple et très doux, et lui indiqua la manière de s'en servir.

Marguerite voyait pour la première fois dévoilé ce qu'elle n'avait encore jamais vu distinctement. Très troublée, elle se mit aux soins de cette toilette, très gauche, mais peu à peu plus habile en suivant les indications de la baronne. La baronne était une très jolie femme blonde, d'un très beau teint ; elle se lavait très soigneusement, si bien que cette toilette n'avait rien de répugnant. Marguerite me décrivit avec beaucoup de détails et d'amour la conformation de sa baronne. Elle m'avoua aussi que, d'abord très gênée, elle prit bientôt beaucoup de goût à cette singulière occupation, et surtout quand elle vit que la baronne ne restait pas indifférente. Celle-ci soupirait, s'agitait doucement, ouvrait et fermait les yeux, récitait de petites pièces de vers. Ses lèvres rouges s'entrouvraient, montrant ses petites dents, et la langue parfois apparaissait hors de la bouche comme un oiseau qui montre la tête hors du nid. Naturellement, aussitôt dans sa chambre, Marguerite essayait sur elle-même la toilette complète. Quoique inexpérimentée, elle découvrit facilement que la nature avait caché dans le corps féminin une inépuisable source de plaisirs, et elle paracheva bientôt ce que le peigne avait commencé. Rusée, ainsi que toutes les jeunes filles de son âge, elle comprit que la baronne voulait plus que ce simple prélude, mais qu'elle ne voulait pas l'avouer. Elle devait bientôt se convaincre combien facile est l'accord complet quand le désir est réciproque. Pourtant, cela dura encore plusieurs semaines ; chacune désirait que l'autre fît le premier pas ; chacune voulait être séduite, faire semblant d'accorder ses faveurs. Un jour pourtant l'événement prévu se produisit ; la baronne rejeta toute retenue et se montra telle une femme très sensuelle et très voluptueuse qui voulait jouir à tout prix de sa beauté, malgré les liens serrés qui la contraignaient. Elle s'était mariée avec un homme bientôt impuissant et qui n'avait pu la contenter que durant les premières années de leur union. Il avait même éveillé ses désirs plutôt qu'il ne les avait assouvis. Ainsi que chez la plupart des femmes, son appétit sexuel ne s'était éveillé que très tard. Faiblesse corporelle ou suite funeste d'anciens excès, bref, il était toujours las ; si bien qu'une envie continuelle la tourmentait. Depuis deux ans, il occupait un important poste diplomatique à Paris, et quand il avait compris que son impuissance était complète, il avait envoyé sa femme au bord du lac de Genève. La baronne était très élégante mais menait une vie de recluse. Marguerite avait remarqué qu'une espèce de majordome, un vieil homme de mauvais caractère, faisait l'office d'espion et rendait compte à Paris de tout ce qu'il voyait et entendait. La baronne évitait toute fréquentation masculine ; elle était fort prudente, les intérêts de sa famille l'y obligeaient. Personne de la maison ou de l'entourage de la baronne ne soupçonnait les réjouissances secrètes que Marguerite surprit un jour. La première honte passée, les scènes les plus dissolues avaient lieu le soir et le matin entre la jeune femme et la jeune fille, entre la maîtresse et la servante. Durant le jour, la baronne ne se trahissait jamais par la moindre familiarité. Les jeux furent bientôt réciproques ; Marguerite entrait nue dans le lit de la baronne, et elle n'avait pas besoin de me raconter ce qu'elles faisaient ensemble, puisque je venais de l'éprouver. Mais alors c'était elle qui jouait mon rôle. La baronne était insatiable, elle inventait toujours de nouveaux jeux, elle savait tirer du contact de deux corps féminins des délices toujours renouvelés. Marguerite me déclara que cette époque était la plus heureuse et la plus voluptueuse de sa vie.

La baronne allait toutes les semaines à Genève pour faire des achats et rendre des visites. Le majordome l'accompagnait chaque fois, et Marguerite fut aussi de ces petits voyages quand elle devint plus intime avec la baronne. Celle-ci retenait toujours le même appartement dans un des plus grands hôtels, un salon, une chambre à coucher, un petit cabinet pour Marguerite et, à côté de celui-ci, un cabinet pour le major-dome. Les portes de chaque chambre donnaient sur le cor-ridor ; les portes de communication entre les chambres étaient fermées ou masquées par des meubles. Dès que Marguerite eut fait plusieurs fois ce voyage à Genève, elle remarqua qu'il s'y passait quelque chose de particulier que la baronne lui cachait. La toilette ne se faisait plus de la même façon et, ni soir, ni matin, il n'y avait plus d'abandons féminins. Dans la journée, la baronne paraissait agitée, inquiète, nerveuse ; son linge de nuit et son lit révélaient distinctement qu'elle n'avait pu passer la nuit toute seule. Le lit était toujours en grand désordre, les chaises étaient renversées et le linge de la toilette montrait des signes encore plus distincts. Marguerite la surveillait avec une espèce de jalousie. Elle inspectait chaque lettre, guettait chaque visite et chaque commissionnaire. Elle ne pouvait rien découvrir. A chaque voyage pourtant, elle était toujours plus convaincue que la baronne ne passait pas la nuit seule. En vain elle écoutait aux portes. La baronne fermait non seulement la porte du corridor, mais aussi celle qui menait du salon à sa chambre à coucher. Il était impossible d'écouter longtemps à la porte du corridor, car il y passait sans cesse des voyageurs et des domestiques de l'hôtel. Marguerite passa des nuits entières à sa porte entr'ouverte pour voir si quelqu'un entrait ou sortait de chez la baronne. Cette surveillance et cet espionnage durèrent plusieurs mois, et un beau jour le hasard lui révéla tout. Une nuit un incendie éclata dans le voisinage immédiat de l'hôtel. L'hôte fit réveiller tous les voyageurs pour les avertir du sinistre. Marguerite se précipita chez la baronne qui vint, épouvantée, lui ouvrir. Les reflets de l'incendie pénétraient par la fenêtre. La baronne était si terrifiée qu'elle pouvait à peine parler et semblait avoir perdu ses esprits. Marguerite embrassa d'un seul coup d'œil toute la chambre et eut enfin l'éclaircissement désiré. L'armoire, qui se trouvait devant la porte de la chambre d'à côté, était éloignée du mur. Quelqu'un pouvait facilement passer derrière. Un habit d'homme était sur une chaise devant le lit, et sur la table de nuit traînait une montre d'homme avec des breloques. Il n'y avait plus de doute possible. La baronne remarqua que Marguerite voyait ces objets, mais elle était trop troublée pour dire quelque chose. Marguerite empaqueta tous les effets de la baronne pour pouvoir fuir au bon moment, et elle remarqua ainsi une autre chose en baudruche qui semblait avoir été employée. Quand la baronne se fut un peu calmée, elle cacha immédiatement cette chose dans son mouchoir. Le feu fut maîtrisé et cet incident n'amena pas de changement dans leurs relations. Au matin, avant de quitter Genève, Marguerite apprit des domestiques de l'hôtel qu'un jeune comte russe habitait la chambre contiguë à celle de la baronne. Les chambres se trouvaient justement à un coude du corridor, si bien que le comte pouvait entrer et sortir sans passer devant l'appartement de la baronne, en employant l'escalier de l'autre aile de l'hôtel. Marguerite comprenait tout. La baronne devait avoir des relations avec ce jeune comte russe. Mais cela l'offensait qu'elle le lui eût caché. Sur la route de Morges, la baronne jeta son mouchoir dans un endroit désert. De retour à Morges, la vie reprit son traintrain coutumier. La baronne ne savait si elle devait tout avouer à Marguerite. Elle remarquait bien que celle-ci savait tout. Lors du prochain voyage à Genève, Marguerite passa tous ses moments de liberté dans le corridor. Elle y rencontra plusieurs fois le comte russe, jeune, beau et élégant. A la deuxième rencontre il se détourna, à la troisième il l'accosta. Quand il apprit qu'elle était la femme de chambre d'une dame habitant l'hôtel – Marguerite ne lui dit pas le nom de sa maîtresse – il ne fit pas tant de difficultés et lui demanda de le suivre dans sa chambre. Sans autre désir que celui de la curiosité, – c'est du moins ce qu'elle m'affirma à différentes reprises – elle le suivit. Personne n'était dans le corridor, il l'entraîna dans sa chambre, l'embrassa, lui tâta les seins et sut, malgré sa défense énergique, se convaincre qu'elle était par ailleurs tout aussi jeune et bien faite. Pendant que la main du jeune homme se divertissait ainsi de la plus agréable façon, Marguerite examinait la chambre. Elle remarqua la porte qui menait à la chambre de la baronne et elle eut vite conçu son plan. Le prince voulait immédiatement la chose sérieuse, mais se heurta à une résistance irritée. Il se contenta de la promesse que Marguerite lui fit de venir la nuit, quand sa maîtresse serait endormie. Elle ne voulait venir que tard après minuit, quand le corridor serait sombre. Il réfléchit, et Marguerite s'amusait beaucoup de savoir à quoi il pensait. Mais cette nouvelle connaissance fut plus forte que ses scrupules, il lui donna rendez-vous à une heure. Elle se fit remettre la clé de la chambre afin de pouvoir rentrer au bon moment. Elle triomphait. Elle fixa son plan dans les moindres détails. La baronne congédia Marguerite à dix heures et ferma soigneusement les portes derrière elle. Mais au lieu de rentrer chez elle, Marguerite écouta à la porte de la baronne. Au bout d'un instant, celle-ci chantonna une mélodie, ce qu'elle ne faisait jamais ; puis elle heurta légèrement à la paroi. Marguerite entendit que l'on remuait l'armoire et que la porte s'ouvrait. Elle savait maintenant que le comte était chez la baronne ; elle se précipita dans la chambre du Russe et entra sans bruit, après s'être assurée que personne ne la remarquait. Un rayon de lumière venait par la porte entr'ouverte de la chambre contiguë. Elle pouvait aisément observer tout ce qui se passait chez la baronne. Celle-ci, renversée sur le lit, était dans les bras du comte, qui lui couvrait le cou, la bouche et les seins de baisers brûlants, tandis que sa main, qui lui caressait les seins, remontait à tout moment vers le front et les beaux cheveux blonds de la baronne. La baronne était une très belle femme ; ses charmes pourtant ne fixèrent point les yeux de Marguerite qui se portèrent, pleins de curiosité, sur ce qu'elle ne connaissait pas encore. Le prince se déshabilla rapidement, il était aussi beau que robustement bâti. Marguerite voyait pour la première fois ce que nous, femmes, nous osons bien ressentir, mais dont nous n'osons pas parler. Quel fut son étonnement de voir la baronne l'enfermer dans une chose semblable à celle qu'elle avait cachée d'abord dans son mouchoir, puis jetée sur la route de Morges et qu'elle sortit d'une boîte posée sur la table de nuit ! Cette chose, terminée à l'un de ses bouts par un cordon rouge, était l'invention du célèbre médecin français Condom. Après avoir terminé cette étrange toilette, elle regarda de toutes parts, comme pour voir si personne ne l'épiait. Puis elle écouta avec volupté les paroles douces et tendres que le comte lui murmurait. Elle lui en disait autant en caressant sa jolie tête bien frisée. Ils paraissaient s'aimer depuis longtemps et bien se connaître, car ils n'avaient aucune gêne. Marguerite n'en vit pourtant pas autant que moi de mon alcôve, car la baronne remonta la couverture. Elle ne voyait que les deux têtes, bouche à bouche, buvant des baisers. Puis le comte poussa un profond soupir auquel répondit un autre soupir de la baronne. Ils restèrent un bon quart d'heure étroitement enlacés, sans que la baronne détendît son étreinte, et Marguerite m'avoua qu'elle avait des fourmis dans les jambes à cause de tous les désirs extraordinaires qu'elle éprouvait. Mais elle m'avoua aussi qu'après ce qu'elle venait d'apercevoir elle désirait une autre satisfaction.

Marguerite m'apprit aussi le but et l'emploi de l'engin de sûreté qui évitait tant de malheurs et de honte dans le monde. Elle en comprit immédiatement l'usage quand elle vit la baronne tirer le cordon rouge qui pendait et en plaisantant, en souriant, déposer le tout sur la table de nuit. C'était donc le paratonnerre d'une électricité pleine de dangers et qui permettait aux filles, aux veuves et aux femmes vivant aux côtés d'un homme fatigué de s'adonner sans crainte à l'amour. Marguerite en avait assez vu. Elle pouvait obliger la baronne à se confesser. Quoique pleine de feu, elle renonça de faire encore cette nuit plus ample connaissance avec le comte. Elle voulait être sûre qu'il emploierait aussi ce préservatif ; elle ne voulait pas trop risquer. Elle me dit aussi qu'il lui aurait été désagréable d'être la deuxième. Elle regagna prudemment sa chambre, mais en claquant la porte derrière elle. Elle jubilait, le prince allait l'attendre vainement une partie de la nuit. Elle avait tous les fils en main pour dominer la situation. Elle voulait participer à ces jeux. Elle voulait se venger de la baronne, qui n'avait pas voulu d'elle comme confidente. Elle réfléchit toute la nuit à la façon de profiter de ses avantages. Vous serez étonné d'apprendre comment Marguerite conçut son plan et avec quels subterfuges elle l'appliqua. La ruse est une qualité essentielle au caractère féminin, j'en ai vu des exemples admirables. Pour tout ce qui a trait à la divine volupté, la ruse et la dissimulation naturelles de la femme s'aiguisent jusqu'à un degré incroyable. La plus niaise devient inventive, poussée par le caprice, l'envie ou l'amour. Inépuisables sont les moyens que les filles et femmes emploient pour arriver à leurs fins !

Avant que la baronne ne fût réveillée, Marguerite alla heurter à la porte du comte. Il vint lui ouvrir en grand négligé, pensant que c'était un domestique. Il fut très étonné de voir entrer Marguerite, qu'il avait vainement attendue après minuit. Il voulait lui faire des reproches, l'attirer dans son lit et rattraper immédiatement le temps perdu, mais il changea immédiatement de conduite quand ce fut elle qui lui fit des reproches. Elle lui dit qu'elle était venue un peu plus tôt qu'à l'heure convenue et qu'elle avait vu ce qu'il faisait avec la baronne – sa maîtresse ! – Elle pouvait obtenir une forte récompense en racontant cela au baron. Pourtant elle ne voulait pas le faire, à la condition de pouvoir participer à leurs jeux avec la même garantie de sûreté. Elle voulait même aider la baronne dans ses plaisirs et favoriser leur liaison.

Le comte ne disait mot, il était trop étonné. Il était prêt à tout, pourvu qu'elle se tût, car si sa liaison avec la baronne était ébruitée, les deux familles étaient exposées à de grands dangers. Elle lui communiqua son plan entier et exigea qu'il l'accomplît avant le départ de la baronne qui devait s'effectuer le matin même. Etonné de la perspicacité de cette jeune fille et heureux de voir ses plaisirs se compliquer d'une aussi agréable façon, le comte acquiesça à tout. Et quand Marguerite lui laissa pleine liberté, il fut encore plus étonné de la trouver intacte. Il ne pouvait souhaiter une plus aimable camarade à ses yeux. Il voulut même lui prouver sur-le-champ son enthousiasme, mais Marguerite se débattit énergiquement, si bien que sa passion n'en devint que plus vive. Il ne pouvait attendre le moment d'exécuter leur plan. Marguerite avait goûté assez de choses en cette unique visite pour ne pas accorder la possession entière d'un aussi charmant jeune homme à la seule baronne. Ils fixèrent encore tous les détails de tout ce qui devait se passer une heure plus tard. Marguerite accorda au beau comte nombre de choses charmantes, sauf ce qu'il désirait le plus ; elle quitta la chambre en le laissant tout en feu. La baronne sonna à sept heures, ouvrit sa porte et se recoucha. Marguerite mit tout en ordre, prépara les bagages et servit enfin le déjeuner. Tout était prêt. Le comte attendait dans sa chambre le signal convenu. Marguerite passa enfin dans le salon, en claquant la porte. C'était le signal. Le comte ouvrit sa porte, repoussa l'armoire et se précipita tout à coup sur la baronne terrifiée. Il la couvrit de baisers. La baronne ne pouvait articuler une parole, elle était trop troublée, elle désignait du doigt la porte du salon dans lequel Marguerite fermait bruyamment les bagages. Le comte fit semblant de pousser le verrou. Puis il supplia la baronne de bien vouloir lui accorder une dernière fois sa suprême faveur. Elle avait été si séduisante la nuit qu'il craignait de tomber malade si elle n'écoutait son désir. Il lui assura qu'il s'était déjà revêtu de l'engin de sûreté et qu'elle n'avait rien à craindre. La baronne, sans doute pour se débarrasser au plus vite de l'importun, céda à ce désir et reçut le téméraire. Le comte soupirait ; tout à coup il poussa un profond soupir et Marguerite, qui écoutait derrière la porte, entra subitement. Feignant d'être saisie par le spectacle qui s'offrait à sa vue, elle laissa tomber ce qu'elle tenait en main. Elle fixait des yeux démesurés sur le lit. La baronne, les yeux fermés, attendait visiblement l'instant suprême ; cependant elle était terrifiée, car elle risquait tout, honneur et fortune. Le comte poussa un juron russe, incompréhensible, et se jeta sur Marguerite. Il s'écriait plein de rage :

« Nous sommes perdus, si je n'assassine pas cette traîtresse et si je ne la rends pas muette pour toujours. Elle ne doit pas quitter cette chambre. »

Marguerite voulait fuir, mais le comte lui barra la porte. Il la regardait avec des yeux terribles, comme s'il allait l'étrangler. La baronne assistait plus morte que vive à cette scène. Soudain, comme s'il venait d'y penser, le prince s'écria :

« Il n'y a qu'un moyen de gagner le silence de cette fille. Elle doit devenir notre complice. Pardonnez-moi ; chère baronne, je ne fais ceci que pour vous ! »

En disant cela, il empoigna Marguerite, qui faisait semblant d'être épouvantée, la renversa sur le lit, à côté de la baronne encore nue et tremblante, la prépara et se jeta avec la plus grande violence sur elle. Marguerite se tordait, faisait semblant de vouloir éviter cette emprise, et cependant elle s'offrait toujours plus. Elle ne lui permit rien avant de s'être assurée qu'elle n'avait rien à craindre. Il était encore revêtu de l'appareil qui avait rassuré la baronne. Puis elle se laissa aller, feignant de se rendre à sa violence. Elle gémissait faiblement, suppliait la baronne de l'aider, de la préserver contre la rage de ce forcené. Intérieurement, elle était toute aux sensations qui remplissaient son âme. Elle jouissait sournoisement d'avoir trompé la baronne, de la vaincre, d'être là, à côté d'elle, sur son propre lit, dans les bras du bel homme qui ne lui avait pas été destiné. Malgré sa violence apparente, le comte la maniait avec tendresse et douceur ; il provoquait lentement les sensations les plus précieuses qui pouvaient la réjouir sans danger. La baronne était non seulement présente, mais elle dut encore apaiser Marguerite qui pleurait et la prier de ne pas crier si fort. Comme la crise approchait, le comte lui dit en outre :

« Chère baronne, si vous ne m'aidez pas à maîtriser cette fille, nous sommes perdus. Nous ne pouvons compter sur elle que si j'arrive à la violer ! »

Et la baronne l'aidait, violemment, tandis que le comte accomplissait son désir. Marguerite s'efforçait de lutter, elle se défendait contre la baronne ; cette lutte provoquait des mouvements brusques et des secousses, une agitation et des sursauts qui augmentaient la jouissance et qui provoquèrent le dénouement instantané et réciproque de l'acte qui avait lieu. Marguerite était comme évanouie. Mais elle écoutait et observait tout. Le comte s'était rapidement déshabillé. Il s'agenouilla devant la baronne, la supplia de se calmer, de lui pardonner d'avoir employé un tel moyen et lui assura que c'était vraiment le seul pour éviter des dangers. Il lui prouva qu'ils venaient de gagner une confidente très sûre en Marguerite et que leur liaison était dorénavant à l'abri de toute surprise. D'ailleurs, en lui donnant de l'argent, ils se l'attacheraient davantage. Il fit semblant d'avoir fait un énorme sacrifice à la baronne en descendant jusqu'à une femme de chambre. Enfin il pria la baronne d'employer tout ce qui était en son pouvoir pour consoler et gagner Marguerite quand elle sortirait de son évanouissement. Marguerite fit un mouvement, comme si elle allait se réveiller, et la baronne, apercevant le petit cordon rouge qui pendait, le retira rapidement et le cacha dans la literie. Marguerite triomphait ; la baronne lui avait rendu personnellement un tel service ! Le comte quitta la chambre après avoir fixé leur prochain rendez-vous et rentra dans son appartement. Les deux femmes étaient seules. La baronne, complètement trompée et très inquiète, lui raconta sa liaison avec le comte, afin de la distraire, mais Marguerite semblait inconsolable. Elle lui raconta aussi la vie qu'elle menait avec son mari. Elle lui promit de prendre soin d'elle dans l'avenir, si elle voulait bien l'aider et pardonner la violence du comte. Marguerite cessa enfin de se plaindre des souffrances endurées. Elle promit à la baronne que puisqu'elle avait eu, bien malgré elle, connaissance de son secret, elle était prête à favoriser les rendez-vous. Réflexions faites, il se créa une liaison très étrange entre ces trois personnes. Le comte ne soupçonnait rien de la familiarité secrète des deux femmes. Il avait goûté beaucoup de plaisir au beau et jeune corps de Marguerite, et il aimait parcourir ce petit sentier encore si peu battu. Il la préférait à la baronne. Quand ils étaient seuls, il lui donnait des preuves marquantes de son amour et de sa faveur. En présence de la baronne, Marguerite ne faisait presque pas attention au comte. Elle déclarait ne participer à leurs ébats que pour faire plaisir à la baronne. De son côté, celle-ci ne soupçonnait pas du tout ce qui se passait entre son amant et sa femme de chambre. Elle comblait Marguerite de cadeaux, et la prit désormais comme confidente. Au prochain séjour à Genève, Marguerite était toujours présente quand le comte venait le soir chez la baronne ; mais elle avait déjà passé chez lui pour recevoir les prémices de ses forces, si bien que la baronne n'obtenait toujours que les restes. Marguerite ne se lassait pas de me parler des jouissances qu'un tel accord entre trois personnes comporte et, surtout, quand un petit roman, une légère intrigue s'y mêle. Elle me disait qu'elle était ou passive ou compagne, afin de ne pas éveiller les soupçons de la baronne. Le comte et elle savaient bien à quoi s'en tenir. Le jeune Russe était aussi tendre que passionné. Il l'aimait avec passion pour être monté en premier sur son trône virginal. Il voulut pousser Marguerite à essayer sans enveloppe et goûter le plaisir complet. Il lui décrivait ce que c'était que de ressentir au moment décisif une autre âme se joindre à l'âme ; il lui disait encore que ce mélange des âmes humaines dégageait un parfum délectable ; que c'était comme un avant-goût de la béatitude céleste ; que cette effusion réciproque était la volonté de la nature. Il lui promit aussi de prendre soin d'elle si elle devait concevoir et donner la vie à un enfant. Mais Marguerite s'y opposait énergiquement ; il lui suffisait de sentir le flot impétueux, le fleuve admirable ; elle ne voulait pas de lui ni de sa fécondation balsamique. Après qu'ils avaient joui l'un de l'autre, les jeux reprenaient le soir chez la baronne et duraient fort tard dans la nuit. Dès les premières expériences à trois, la baronne se montra enchantée, car le comte était très inventif, et beaucoup plus qu'il ne semblait possible. Marguerite se couchait près de la baronne. Le centre de tout plaisir réside dans le cerveau de l'homme, et le comte, tout en imaginant les façons les plus bizarres de se récréer, jouait avec les difficultés que peut présenter le but d'amuser deux personnes, surtout quand elles sont de condition différente. Le comte était inépuisable dans la manière de provoquer la plus haute volupté par de longs préambules et par les récits de ses aventures. La baronne s'accoudait sur le lit de façon que le comte, tourné vers elle, lui caressait le front, tandis que Marguerite, assise sur un tabouret, avait les yeux juste à la hauteur du lit si bien occupé. Elle y portait les mains, jouait tantôt avec les festons des draps fins et ajourés sur les bords, tantôt avec les oreillers et les boucles blondes qui se répandaient sur les épaules de la baronne. Elle ouvrait la bouche d'étonnement selon la qualité des récits divers qu'elle écoutait ainsi avec une attention soutenue et sans jamais interrompre le charmant orateur. Puis dans les moments les plus intéressants de ces histoires, elle s'animait aussi et frottait parfois la soie des courtines. La baronne, de son côté, ne restait pas immobile, mais tandis que d'une main elle jouait avec les cheveux de son amant, de l'autre elle se plaisait à caresser la nuque de Marguerite, qui goûtait ces douces caresses. Ceci était son plus vif divertissement ! La beauté des amants, la grâce de la baronne qui était dans tout son développement harmonieux, les blonds cheveux de ses tempes, la vive rougeur de ses joues à certains moments intéressants, les belles formes de l'homme, alors dans sa plus grande vigueur, ses cheveux noirs qui contrastaient avec les blonds, – et prendre part à ce spectacle, le goûter des yeux, de tout près, partager en esprit les jouissances des deux autres, – tant de ravissements ensemble ! Le souvenir de ces choses admirables l'échauffait, et comme j'étais étendue dans la moelleuse chaleur du lit, je sentais que ces images la mettaient tout en feu !

En effet, la situation de ces personnes n'était pas ordinaire. Malgré leur grande intimité, une méfiance réciproque, et malgré les jouissances communes, tromperies et dissimulations ! Ainsi que je vous l'ai déjà dit, mon imagination se délecte à de tels tableaux ; ma raison me déconseille de les imiter. De tels raffinements sont suivis de grandes fatigues, et il y a toujours des ennuis quand un secret est détenu par plus de deux personnes. Comme le jeune comte pouvait assouvir tous ses caprices, il se fatigua bientôt de cette liaison. Il se refroidit, probablement fatigué par les exigences des deux femmes. En un mot, il quitta précipitamment Genève après un froid adieu. La baronne tâchait de se séparer de Marguerite et elle en trouva bientôt l'occasion. Marguerite avait reçu plus de trois mille francs du comte et de la baronne. Malheureusement, elle avait remis cet argent entre les mains de son tuteur. Elle alla vivre chez une amie qui avait été gouvernante. Elle prenait des leçons, car elle avait l'intention d'aller comme gouvernante en Russie, ainsi que beaucoup de Suissesses. Le changement de sa situation était pourtant trop brusque. Elle ne se sentait pas heureuse dans la maison de son amie. Ses études l'ennuyaient. Chez la baronne, elle avait tout eu pour être heureuse. Elle avait même eu l'occasion de goûter beaucoup plus que les filles ne goûtent habituellement sans danger. Cela l'avait gâtée. Son corps avait besoin de certaines choses. Le beau corps du jeune comte lui manquait et aussi les caresses intimes de la baronne. Durant tous les premiers mois, ses nuits furent très agitées et ses rêves fort troublés. L'effet de sa main était mince et elle ne trouvait pas l'occasion de faire une connaissance sûre. Elle voulait bien se donner, mais à la condition de n'avoir rien à craindre. Et elle n'osait pas proposer à un autre homme ce qu'elle avait proposé au comte dans des circonstances parti-culières. Une jeune fille n'avoue jamais la connaissance de ces choses, cela la diminuerait aux yeux des hommes. Elle passa donc une année bien solitaire au milieu de ses livres et de ses atlas. Quelque chose s'était éveillé en elle qu'elle ne pouvait assouvir et qui éclatait tyranniquement la nuit, dans des rêves voluptueux. Enfin, dans un établissement de bains, elle ren-contra une jeune fille avec qui elle eut bientôt des relations aussi intimes qu'avec la baronne. Toutes sortes de jeux, des conversations curieuses, l'enseignement des choses défendues et des expériences osées leur procurèrent des jouissances bien vives. Elles mêlèrent bientôt d'autres compagnes à leurs ébats. Chacune faisait semblant d'ignorer tout, chacune se laissait apprendre ce qu'elles avaient déjà toutes pratiqué en cachette. Marguerite était insatiable. Ces rendez-vous secrets, ces amusements clandestins aiguillonnaient son désir. Un jour, elle rencontra le frère d'une de ses nouvelles amies, un jeune homme aimable et bien élevé. Elle vit immédiatement qu'elle lui plaisait. Il s'approchait d'elle avec l'émotion et la gaucherie d'un adolescent se sentant attiré pour la première fois par une femme ; il ne pouvait résister à l'obscur commandement de sa nature. Marguerite avait beaucoup de peine à cacher son indiscrète passion. Elle aurait volontiers satisfait ce dernier désir qu'il ignorait encore, mais elle ne savait comment lui expliquer qu'elle exigeait des garanties. Charles avait été élevé à la campagne ; il ignorait tout de ces choses ; ses paroles et ses actions étaient simples et honnêtes. Marguerite connut enfin l'amour, et elle se débattait vivement contre sa toute-puissance. Elle croyait tout connaître et être maîtresse de son cœur ! Tous ses principes s'évaporèrent au feu du premier baiser ! Elle était sans défense devant les caresses hésitantes de son bien-aimé ! Il était si gauche qu'elle devait le conduire sans en avoir l'air. Mais la nature fouette même le plus naïf, le plus vertueux, et quand on s'est engagé dans cette dangereuse voie, il faut aller jusqu'au bout. Marguerite s'amusait beaucoup de voir les louables efforts qu'il faisait pour arriver à des fins qu'il ne soupçonnait même pas. Elle se sentait si supérieure à lui ! Elle se croyait assez maîtresse d'elle-même pour garder tout son sang-froid au moment fatal, car son jeune amoureux se pâmait déjà au moindre frôlement extérieur. Elle pensait pouvoir empêcher un baiser dangereux. Mais elle ne savait pas que chez elle aussi chaque fibre, chaque nerf attendait l'union intime. Elle ne connaissait pas la faiblesse de la femme dans les bras de l'homme aimé, quand toutes ses forces viriles vous réchauffent partout. Une volupté inouïe lui fit oublier toute sauvegarde, tout principe, et l'endormit dans une trompeuse sécurité. Au réveil tardif, ce fut en vain qu'elle espéra avoir reçu une étreinte improductive et que, devenue prudente, elle se refusa à son amant. Elle était fécondée : elle avait perdu son honneur, et son avenir était brisé ! Alors elle accorda au jeune homme tous les droits du mari. Durant trois mois, ils goûtèrent toutes les joies du bonheur terrestre. Puis tous les coups du mauvais destin s'abattirent sur elle. Son tuteur fit banqueroute et s'enfuit en Amérique en emportant son pécule ; son amant tomba malade et mourut ; couverte de honte, elle fut chassée de la maison. Elle se réfugia, misérable, dans un pauvre village, où elle perdit son enfant, après deux ans de privations et de souffrances. Enfin elle vint en Allemagne et trouva une place de gouvernante chez mon oncle.

Combien elle me mit en garde contre l'oubli d'un tel abandon !

Marguerite m'avait tout appris, simple et franche.

Pourtant elle m'avait caché de quelle façon artificielle elle ravivait ses souvenirs.

5
Philosophie de l'amour physique

Peu de jeunes filles ont appris en si peu de temps et surtout avec si peu de risques tout ce qui concerne l'instant le plus important de la vie de la femme, ainsi que je venais de l'apprendre par hasard et grâce à l'histoire de Marguerite. Jusque-là je n'en savais pas plus long – et probablement pas moins – que la plupart des jeunes filles de mon âge, bien que mon tempérament fût plus sensuel qu'il ne l'est, habituellement, chez les jeunes filles et chez les jeunes femmes. Les hommes se trompent. Ils pensent que le sexe féminin est naturellement aussi sensuel que le leur. Ils jugent les femmes faciles et ils jugent mal. Les maris le savent bien, eux qui se plaignent sans cesse. Moi non plus je ne voulais pas y croire. Je pensais que tout est pruderie et dissimulation, quand je trouvais froideur, indifférence et dégoût même pour ces choses qui m'excitaient. Vous allez me demander pourquoi tant de jeunes filles se laissent séduire si rien chez elles ne les pousse au-devant du désir de l'homme et si leur sexe et leurs voluptés ne sont pas aussi violents. Cette remarque est exacte ; malheureusement, je ne puis pas y répondre. Et pourtant mes observations et mes expériences personnelles m'ont convaincue de plus en plus que la sensualité consciente n'est pas aussi développée chez la femme que chez l'homme ; elle s'éveille, est peu à peu provoquée, et c'est seulement entre trente et quarante ans qu'elle est aussi exigeante chez la femme que chez l'homme. Il m'est incompréhensible que tant de femmes se laissent si facilement séduire pour leur malheur quand elles ne sont en rien les complices de l'homme. Je ne suis jamais arrivée à trouver une explication à cette contradiction. Rien n'est favorable à l'homme quand il veut pousser une de ces innocentes à s'abandonner complètement. La douleur physique de la première approche est si grande que c'est un avertissement, cela incite à réfléchir et à ne pas aller plus loin dans le sentier du mal. La crainte des suites inévitables les retient aussi, car bien peu de jeunes filles sont assez sottes pour ne pas savoir ce qu'elles risquent. Les statues, les tableaux, le spectacle de l'accouplement des animaux, les lectures inévitables, les conversations de pensionnat, etc., tout instruit la plus naïve comme si elle avait les mille yeux d'Argus. Oui, et pourtant je dois vous l'avouer, et je ne trouve pas d'autre explication, ce sont la curiosité et le besoin de se donner entièrement à l'homme aimé qui les poussent. Mais combien se donnent sans amour ? Combien pleurent et sanglotent sans se défendre ? Ceci est un des plus admirables mystères de la nature ; c'est un des exemples les plus caractéristiques de sa puissance et de la force d'attraction qu'elle impose, même aux tempéraments les plus taciturnes.

Du lion aux animaux domestiques, la famille entière des chats s'accouple dans la douleur et met bas dans la volupté (c'est justement le contraire qui arrive chez tous les autres êtres vivants) et la femelle s'offre quand même à la douleur de l'accouplement. Qui éclairera ce problème ? Combien de jeunes filles m'ont avoué en pleurant qu'elles ne savaient pas comment c'était arrivé. « Sa prière était si douce ! ». « C'était si chaud, si divin ! » « Elle avait eu si honte ! » Toutes ces phrases n'expliquent rien. Il est donc bien étrange que moi, qui ai un tempérament si ardent (je puis bien vous l'avouer, car vous n'allez pas en profiter), la nature m'ait donné une raison assez forte pour échapper longtemps, longtemps à ces dangers. Je ne puis raconter que ce que j'ai ressenti et pensé personnellement quand l'heure fatale arriva aussi pour moi ; je le ferai avec pleine sincérité en vous parlant de cette époque-là de ma vie. Aucune des explications données ne suffit donc pour résoudre cette énigme millénaire qui ne sera probablement pas résolue. Ce n'est pas par hasard que l'histoire du monde commence par la curiosité d'Eve et la jouissance du fruit défendu. Les sages qui placèrent ce mythe au début de l'histoire du genre humain savaient que ceci est le centre, le point d'appui, le mystère de l'histoire du monde ; sauf que la jouissance du fruit défendu ne ferme pas, mais ouvre les portes du paradis.

Vous pensez bien que je ne fis pas toutes ces réflexions en rentrant, si lourdement changée, chez mes parents. Elles sont le fruit de mes expériences ultérieures. Encore enfant, je m'étais trouvée dans l'alcôve de la chambre à coucher de mes parents ; je revenais de chez mon oncle jeune fille, quoique n'étant plus dans mon intégrité première. J'étais autre et le monde autour de moi avait changé. Un voile était tombé de mes yeux. Tout était dans une autre lumière, hommes et choses. Je comprenais des choses que je n'avais jamais remarquées auparavant. Le hasard m'avait aussi mise en garde contre le gâchage de ces précieux biens. Mon cousin m'avait fait craindre les excès. Son pâle visage, ses yeux éteints, la mine entière du jeune pécheur m'avaient montré le sort de ceux qui s'adonnent avec trop d'emportement aux jouissances secrètes. Je n'ai jamais craint de recourir à elles, mais je ne l'ai jamais fait au prix de ma santé et de ma gaieté. Oui, si j'avais été un homme, je ne m'y serais peut-être jamais livrée ; car les hommes n'ont pas les mêmes excuses pour ces jeux secrets que les filles, les femmes et les veuves. Ils ne sont pas aussi contraints, aussi liés que les femmes, qui n'osent pas faire un geste, échanger un regard, goûter ouvertement à ces choses, sans risquer leur honneur et être immédiatement la proie des mauvaises langues. Nous devons toujours feindre l'indifférence ; quand nous voulons agir ouvertement, nous devons le faire en secret ; cela nous rend malheureuses de ne pouvoir avouer que nous ne sommes pas indifférentes. L'homme n'est pas forcé d'avoir mille et mille égards. Il n'a que plaisir et joie, c'est nous qui supportons toutes les douleurs. Pourquoi donc perd-il en secret, de sa main froide, ce qu'il a tant d'occasions d'employer plus profitablement ? Je me disais donc que les excès, toujours dangereux, le sont particulièrement dans les choses de l'amour, et cette connaissance acquise par hasard m'a conservée jusqu'à présent gaie, joyeuse et sensuelle. Je rentrais dans la maison de mes parents plus riche surtout de la science suivante : il y a deux espèces de morales dans le monde : la morale officielle qui cimente les lois de la société bourgeoise et que personne ne peut enfreindre impunément, et la morale naturelle entre les deux sexes, dont le ressort le plus puissant est le plaisir.

Naturellement, je ne connaissais pas encore cette éthique, je la devinais à peine, obscurément, d'instinct, et je n'aurais pas encore su la formuler. J'y ai souvent réfléchi depuis, cette double nature de l'éthique m'a toujours été confirmée. Ce qui est moral dans les pays mahométans est immoral dans les pays chrétiens. La morale de l'antiquité est autre que celle du moyen âge, et ce qui était permis au moyen âge offusquerait nos sentiments. La loi de la nature est l'union la plus intime entre l'homme et la femme ; la forme sous laquelle cette union s'accomplit dépend du climat, des convictions religieuses et de l'ordre social. Personne ne peut transgresser impunément les lois qui lui sont imposées ; et cette contrainte que les lois morales d'un pays exercent également sur tous rehausse les plaisirs de la volupté en la faisant secrète.

Mes parents observaient exemplairement les formes extérieures des lois nécessaires ; par cela, ils étaient doublement heureux aux heures du plaisir. Si je ne l'avais pas vu moi-même, je ne l'aurais jamais cru. J'ai donc raison de ne pas croire à l'extérieur et de ne pas me fier à l'apparence. Mais un œil de feu, la coquetterie et la conduite soi-disant légère de certaines femmes sont tout aussi trompeurs. Je sais par expérience que les femmes qui semblent beaucoup promettre sont justement les plus froides et les plus insensibles, – même quand elles tiennent promesse. « Eaux tranquilles, eaux profondes. » La justesse de ce proverbe se montre avec le plus d'évidence au caractère de la femme. Oui, nous sommes capables de feindre même au moment de l'évanouissement. J'ai vu cela non seulement chez mon excellente mère, mais aussi chez d'autres et chez moi-même. Il est très pénible à la femme d'avouer qu'elle jouit. Nous donnons du plaisir et laissons voir que cela nous rend heureuses ; mais quelque chose d'inexplicable nous défend d'avouer ou de laisser voir jusqu'à quel degré nous jouissons nous-mêmes. Je crois qu'il n'y a pas d'autre raison à cela que le sentiment bien vague de ne pas accorder à l'homme, même à l'homme aimé, d'autres droits que ceux qu'il a déjà sur nous et de ne pas trop augmenter sa puissance. De nature, l'homme doit combattre, vaincre, surmonter les difficultés, atteindre toujours plus haut et toujours mieux. L'assouvissement complet rend l'homme indifférent, paresseux, calme, et cela serait un assouvissement complet pour lui si la femme exprimait ses sentiments et témoignait extérieurement de sa jouissance. Il faut que l'homme ait toujours quelque chose à combattre, à gagner ; il faut que la femme ait encore, toujours, quelque chose à accorder, même quand elle a déjà accordé ses suprêmes faveurs. Et quand la victoire corporelle est déjà gagnée, il faut qu'une victoire spirituelle reste à gagner. Ceci n'est pas un simple calcul de notre part, c'est l'instinct. Combien de fois ai-je observé les animaux, ces grands maîtres de l'homme dans les choses naturelles ! La femelle se défend, se retire, fuit. Le mâle poursuit, force, maîtrise. Quand le mâle a atteint son but, a réduit toute défense, il s'éloigne. Alors la femelle le poursuit, exige aide, protection et subsistance. Sauf dans quelques rares espèces animales, la femelle ne témoigne pas sa volupté ; mais elle ne peut pas cacher son désir, elle surprend le mâle, l'excite, le séduit. Quand il est en feu, il trouve refus, résistance et doit combattre. Je crois que par ces combats et ces luttes, la nature a voulu atteindre le maximum d'excitation, l'écoulement le plus complet des précieuses sèves animales, dont la fusion, le mélange le plus intime assure la perpétuation de l'espèce. Ils distillent, vaporisent, détendent encore plus les sources nerveuses, rendent l'union plus parfaite. C'est pourquoi les enfants nés d'un combat d'amour sont plus robustes que les enfants nés d'un mariage ennuyeux, « conçus entre veille et sommeil », ainsi que dit Shakespeare. La provocation et le refus sont donc des lois naturelles, ainsi que le vouloir de l'homme d'obtenir une soumission entière et l'instinct de la femme de refuser cette soumission. Quand une femme se plaint de la froideur de son mari, c'est qu'elle a été trop sincère au moment du plaisir suprême et qu'elle n'a pas laissé un seul désir à l'homme.

Ma mère avait caché le plaisir qu'elle goûtait dans le miroir, Marguerite ne m'avait pas montré son instrument, et je savais que toutes les deux étaient sensuelles jusqu'au suprême degré. Je n'ai pas oublié cette leçon, ainsi que vous allez le voir.

Toutes ces choses occupaient de la plus agréable façon mon imagination. Je n'en connaissais que le côté poétique, à l'expérience de mon cousin près. J'avais vu deux êtres aimables, bien élevés et vertueux, se vouer aux joies d'un jour de fête, goûter aux plaisirs d'une possession réciproque et plénière. Avec Marguerite, il m'était toujours resté un désir, je sentais que quelque chose de plus complet m'attendait. J'ignorais encore la matérialité, tout le mécanisme de la jouissance animale. Et même dans la sensualité secrète de mon cousin il restait un brin de poésie. Savais-je ce qui le poussait ? Connaissais-je alors toutes les passions humaines ? Ce qui m'offensait n'était, au fond, que son indifférence à mon égard, moi, fraîche jeune fille qui venais m'offrir à lui. En conscience, Marguerite et moi, nous étions aussi fautives que lui. Si Marguerite ne m'avait pas mise en garde, je serais aussi tombée dans des excès, vu ma curiosité et mon inexpérience. J'aurais peut-être perdu ma santé, ainsi que des millions de jeunes filles anémiées, aux yeux hagards, qui profitent de chaque moment de solitude pour goûter jalousement ce que la morale et les mœurs leur défendent.

Vous pensez bien qu'après tant d'expériences j'observais les hommes et les choses avec beaucoup plus d'attention, avec de tout autres yeux. Je voyais partout les secrets de la dissimulation, je soupçonnais des intrigues entre toutes les personnes qui m'entouraient, le plus souvent à tort, ainsi que je dus bien en convenir plus tard. J'observais, j'étais toute oreille, afin de surprendre ce que l'on voulait me cacher et ce que l'on m'avait caché jusqu'alors. J'aurais voulu surprendre encore une fois mes parents, je faisais mille plans pour y arriver ; mais j'étais trop peureuse pour les exécuter, j'avais honte de le faire, et je suis contente aujourd'hui de ne l'avoir pas fait. De les surprendre volontairement aurait été un sacrilège ; et pourquoi salir la joie tranquille de deux bonnes personnes ? Je n'avais pas à me reprocher de les avoir surpris par hasard, ainsi que d'avoir vu la lasciveté de Marguerite. Tout m'était encore poésie, mais je devais bientôt connaître la prose. Je vous ai déjà dit que peu de temps après mon retour à la maison je devins pleinement une jeune fille. Je voyais avec frayeur les premiers signes de ma maturité. Je voulais le cacher à ma mère, car je croyais que ce sang était la suite de mes écarts avec Marguerite. Mon linge me trahit et ma mère me parla pour la première fois de ces choses ; elle m'en dit juste assez pour m'en donner une notion générale. Elle ne soupçonnait pas que son propre exemple m'avait bien mieux enseignée. Peu de temps après, je fus confirmée (j'avais seize ans) et mes parents m'emmenèrent avec eux dans le monde. L'on faisait attention à moi, d'autant plus que ma voix se développait et que mon chant portait ses premières fleurs. Chaque fois que j'avais chanté en société, l'on me disait de toutes parts : « Vous devez vous vouer au théâtre et devenir une Catalini, une Sontag ! »

Ce que l'on entend sans cesse s'imprime à la longue dans le cerveau, et quoique mon père n'en voulût rien savoir, je trouvais une alliée dans ma mère. On décida enfin que je serais cantatrice. Toutes mes études se dirigeaient vers ce but. A seize ans je jouissais d'une plus grande liberté que la plupart des jeunes filles. Une lointaine parente, vieille, laide et craintive devait m'accompagner à Vienne, où j'allais développer ma voix chez un célèbre professeur. Mon père avait fait tout ce que sa fortune lui permettait, et vous savez combien je lui en suis reconnaissante. Avant de partir, je vis encore plusieurs fois Marguerite. Elle était mon amie, ma confidente et ma maîtresse dans les choses pour lesquelles il ne peut y avoir de maîtresse pour les filles et qui vous coûtent si chères si l'on se confie à un maître ! Je fus très étonnée de voir qu'elle avait une liaison avec mon cousin ! Je lui en fis la remarque, et elle fut fort gênée. Je lui avais raconté ce que j'avais alors vu, et elle avait été tentée par le désir de le défaire de cette mauvaise habitude, nuisible à sa santé. Elle m'avoua que mon histoire avait excité son imagination et qu'elle avait trouvé l'occasion de vaincre son horreur des femmes. Elle faisait semblant d'avoir honte de l'avoir séduit. Mon cousin était de dix ans plus jeune qu'elle ; mais elle me certifia qu'elle ne lui accordait pas plus qu'à moi-même. Un enfant qui s'est brûlé a peur du feu, elle ne voulait plus de la faiblesse qu'elle avait eu pour son Charles bien-aimé. Je n'ai jamais pu savoir si elle m'avait dit la vérité. Je remarquais avec plaisir que mon cousin avait bien meilleure mine, qu'il n'évitait plus les filles et qu'il me regardait parfois avec des yeux bien singuliers. Je n'avais nullement envie d'être l'aide de Marguerite et je me contentais de le chicaner. Si je ne l'avais pas surpris alors, je crois bien que j'aurais eu des relations bien douces avec mon cousin, car nous avions l'occasion de nous voir sans gêne, ce qui est une des conditions essentielles des jeux d'amour. J'avais aussi une crainte terrible des suites funestes. Marguerite m'avait parlé de tout, aussi je fis mes premiers pas dans le monde bien armée et beaucoup plus intelligente que la plupart des jeunes filles. Cela m'a toujours été très avantageux. Je savais exactement de quoi il s'agissait et ce que j'y risquais. On me croyait froide et vertueuse alors que j'étais tout simplement initiée et prudente. Si l'on voulait analyser la soi-disant vertu de la majorité des femmes, on arriverait à des résultats édifiants ! Je me suis fait un devoir d'être sincère envers vous, mais je crois que la majorité des femmes sont difficilement sincères, car la ruse et la feinte font partie de notre nature. Si l'on pouvait éviter magiquement les suites fatales, il n'y aurait plus de filles vertueuses. Toutes essayeraient par simple curiosité, et jouiraient autant de leur propre penchant que de la volupté de l'homme.

Avant de quitter la maison paternelle et de m'engager sur la voie pleine de ronces, mais aussi pleine de joie, d'une actrice, j'eus l'occasion de connaître l'envers de la médaille. Mes parents avaient aussi une ferme, des vaches, une basse-cour et un grand verger. Les poules et les pigeons étaient de mon domaine, c'est à moi qu'incombait le soin de leur nourriture. Le poulailler touchait à l'étable et n'était séparé que par une cloison de planches de la grange où s'entassait le fourrage. Je m'y trouvais un matin quand, le cocher, depuis seulement quinze jours à notre service, entra dans l'étable en poussant la servante dans la grange. Elle ricanait, laide, sale, dégoûtante. Elle se débattait tant soit peu et s'abandonna aussitôt qu'il l'eut renversée dans le foin. J'étais debout, derrière la cloison, et je les observais par un trou. Je voudrais ne pas les avoir vus, car l'on ne peut pas s'imaginer un plus laid contraste avec tout ce que j'avais vu jusqu'alors. Sans aucune tendresse et sans s'attarder aux jeux préliminaires, il troussa la fille, palpa ses seins, puis il se jeta sur elle et s'accoupla grossièrement avec elle. Autant celui-ci avait été aimable et tendre, autant celui-là était brutal, violent. Il était trop la brute. J'aurais voulu détourner mes yeux, je ne comprends pas encore ce qui m'en empêchait. Les paroles qu'ils échangeaient tous deux étaient encore plus écœurantes. Ils avaient des mots pour tout ce que je n'avais encore jamais entendu désigner. Enfin, la crise mit fin à ce flot d'ordures. J'étais fatiguée d'avoir suivi des yeux ce dégoûtant spectacle. J'avais peur de bouger pour ne pas révéler ma présence, et ainsi je fus forcée d'assister encore aux menées de la fille qui excitait le cocher par les gestes et par les mots les moins féminins. Lui semblait en avoir assez, il n'était pas pressé de répondre à ses désirs. Enfin elle l'y contraignit. Cela dura beaucoup plus longtemps que la première fois. Elle accompagnait chaque mouvement d'exclamations qui trahissaient son plaisir mais qui n'en étaient pas moins infâmes.

J'étais riche d'une nouvelle expérience ; laide, elle m'avait montré l'envers de ce que mon imagination ornait des charmes de la plus haute poésie. Quelle différence entre l'assouvissement de leur brutal désir et l'union tendre et intime de deux êtres bien élevés ! Que restait-il à la chose si on lui enlevait la tendresse, la crainte, la spiritualité ! Il ne pouvait pas être question d'amour, pas même d'inclination entre eux ! Il était depuis quinze jours chez nous et ce que je venais de voir n'était probablement pas la première fois. Elle avait cédé au nouvel arrivant les droits du prédécesseur et n'y trouvait rien d'extraordinaire. Mais comment faisait-elle pour éviter les suites de toutes ces relations, car le cocher n'était pas le seul à jouir d'un tel fumier. Ses exclamations disaient qu'elle n'avait aucune idée des mesures de sûreté. Ceci me fit beaucoup réfléchir. Il est vrai, une servante de ferme n'avait pas beaucoup à perdre de sa réputation, ou bien donnait-elle le jour à un de ces petits misérables qui subissent dans le monde l'infamie de leurs parents ? Bref, je venais d'apprendre quels avantages donnent l'éducation, les bonnes mœurs et l'idéal. Car ce n'est pas seulement l'union des sexes, l'excitation physique des nerfs qui procurent ce frisson de ravissement supraterrestre. Non, c'est l'émotion spirituelle, la tension de toutes les forces de l'âme, l'abandon de la raison qui procurent cette béatitude magique en soulevant chaque fibre au-dessus de son activité terrestre. Si j'avais vu ce couple avant le riche spectacle que mon père et ma mère m'avaient donné, mes penchants et mes expériences auraient été tout autres. Je compris clairement que nous n'étions qu'un jouet de hasard, que nos vertus et nos vices sont façonnés par les impressions que nous recevons. Sans Marguerite, je me serais probablement bientôt mariée, et sans le hasard de l'alcôve, je serais restée vierge jusqu'au mariage. Cette conviction que nous dépendons des impressions extérieures et que nous ne les pouvons pas éviter volontairement me permit d'être bonne et indulgente envers les autres. Ce qui semble fautif au premier abord ne l'est souvent plus quand on se donne la peine de chercher les causes et les circonstances.

Les premiers temps de mon séjour à Vienne furent sensiblement sans joie. Nous n'avions presque pas de connaissances et je suivais assidûment les leçons de chant de mon excellent professeur. Ma seule distraction était d'aller au théâtre quand on y donnait l'opéra. J'aurais eu assez souvent l'occasion de faire des connaissances. J'étais dans cet état de la jeune fille que l'on nomme si justement « la beauté du diable ». Beaucoup de jeunes gens me faisaient la cour, mais ma petite raison avait tout mis en ordre. Je voulais avant tout devenir une cantatrice célèbre, – ensuite seulement je voulais jouir ! – Rien ne devait déranger le cours de mes études. Je rabrouais mes admirateurs avec tant de sévérité que l'on me laissa bientôt suivre mon chemin toute seule. Ma parente était enchantée de ma vertu et de ma conduite. Il est vrai qu'elle ne soupçonnait même pas mes divertissements secrets, que d'ailleurs je goûtais également avec mesure.

J'arrive à une partie de mes confessions qui m'est beaucoup plus difficile à vous conter que tout le précédent. Je vous ai promis d'être sincère, aussi je vais tout avouer. J'ai oublié de vous dire que Marguerite m'avait fait cadeau du fameux livre. C'était l'œuvre excitante et voluptueuse *Félicia ou Mes Fredaines*, illustrée d'aquatintes qui m'auraient appris à elles seules ce qui fait le centre de toute activité humaine, si je n'avais pas été ini-tiée. Cette lecture me procurait un plaisir incroyable. Je ne me la permettais qu'une fois par semaine, le dimanche soir, quand je prenais mon bain chaud. Alors, personne n'osait venir me déranger. La salle de bain était tout au bout de l'appartement et n'avait qu'une seule porte, que je recouvrais en outre d'une couverture pour être à l'abri de toute surprise. J'étais en pleine sécurité.

Je lisais le livre en prenant mon bain. Il avait sur moi les mêmes effets que sur Marguerite. Mais qui donc pouvait lire ces ardentes descriptions sans prendre feu et se pâmer ! Une fois essuyée et couchée dans mon peignoir commençait alors pour moi mon paradis pourtant si restreint. Je me voyais en entier dans le grand miroir. Mon plaisir taciturne commençait par l'admiration de chaque partie de mon corps. Je caressais et pressais mes jeunes seins arrondis, je jouais avec leurs bourgeons, puis je promenais mes doigts caressants sur ma chair satinée. Ma sensualité avait fait de rapides progrès. J'éprouvais le plus grand plaisir à cette volupté presque chaste qui me faisait frissonner, j'avais surtout une grande abondance du baume doux et enivrant. Les hommes auxquels je me suis abandonnée dans la suite ont tous été ravis de cette précieuse qualité, ils ne pouvaient assez témoigner leurs délices quand ils s'en apercevaient. Je croyais alors que ceci était commun à toutes les femmes, mais en réalité c'est un don des plus rares. A Paris, un de mes plus ardents adorateurs éprouva la plus douce des surprises quand il s'en aperçut. Dans la suite, lorsque je lui accordais mes faveurs, il n'avait jamais assez d'éloges, de flatteries, d'expressions admiratives à m'adresser pour ce don que m'avait fait la nature et dont je n'étais en rien responsable, mais dont il m'était extrêmement reconnaissant. J'ai dû à cette sensibilité des moments exquis : c'était comme si des décharges électriques traversaient mon corps. Mais peut-on dire ces divins divertissements ?... Le sang fouette les veines, chaque nerf s'émeut, le souffle s'arrête, tandis que les idées se pressent, s'enserrent au point de ne plus se sentir exister ! Le souvenir de ces heures ardentes passées devant un miroir au fond de ma solitude à Vienne me ravit encore à un tel point qu'en vous écrivant je crois revivre tous ces souvenirs dont je ressens encore la plus vivante impression. Vous verrez à mon écriture trébuchante combien ces sentiments m'émeuvent. Mon corps entier tremble de plaisir et de nostalgie. Je jette ma plume ! Et…

6
Franz

Grâce à la description par trop vive de la fin de ma dernière lettre, je ne vous ai pas encore raconté ce que je voulais vous dire. Le souvenir des plaisirs secrets que je goûtais au temps de ma floraison virginale m'a fait sauter la plume hors des mains. Celles-ci ont rempli un rôle qui, aujourd'hui encore, en pleine maturité, n'a pas perdu tous ses charmes pour moi et auquel j'ai encore très souvent recours dans ma défiance justifiée des hommes. Je vous ai déjà dit que mon prochain aveu m'est très pénible. Je vous ai déjà confessé le plus gros ; je dois pourtant faire un grand effort pour être sincère dans ce qui va suivre. Je vous l'ai déjà dit, je ne regrette rien de ce que j'ai fait pour assouvir ma sensualité, – excepté mon abandon complet à cet homme sans conscience qui, sans votre aide, m'aurait rendue malheureuse pour toujours. Ainsi, je ne regrette pas ce que j'ai fait alors, à Vienne, vers la fin de mes études musicales.

Quand que je fus assez avancée pour étudier des rôles, j'eus besoin d'un accompagnateur. Il devait être au piano pendant que je marchais par la chambre, que j'étudiais mon chant et mes gestes. Mon professeur me recommanda un jeune musicien qui sortait du séminaire. Il s'occupait spécialement de musique religieuse et il gagnait sa vie en donnant des leçons. C'était un jeune homme d'une vingtaine d'années, excessivement timide, pas très beau, mais très bien fait, très propre, très soigné dans sa mise, ainsi que la plupart de ceux qui sortent d'un institut religieux. Il était le seul jeune homme qui fréquentât régulièrement chez nous à l'heure des leçons ; il est donc très naturel qu'une sorte de familiarité s'établisse bientôt entre nous. Il m'évitait, était toujours très timide et gauche, et n'osait presque jamais me regarder. Vous connaissez mon espièglerie et mon esprit entreprenant. Je m'amusai donc à le rendre amoureux, ce qui ne me fut pas très difficile. Il n'est pas de meilleure complice que la musique, elle prépare mille occasions, et comme mon talent se montrait puissamment durant ces exercices, je remarquai très bien qu'il s'enflammait peu à peu. Je ne l'aimais pas – je ne connus ce puissant sentiment que beaucoup plus tard, – cela m'amusait d'observer quelle influence j'exerçais sur un homme encore pur, moralement et physiquement pur. Ce jeu était très cruel de ma part : comme je le reconnais maintenant, il m'est très difficile de vous raconter ce qui arriva. Après tout ce que je venais d'apprendre et d'expérimenter moi-même, j'étais très curieuse d'en savoir plus long. Je me demandais, avec toute ma petite raison de jeune fille indépendante, comment pousser Franz (c'était le nom du jeune musicien) à quelque chose de plus décisif que des soupirs et des regards langoureux durant mes vocalises. Quand une femme cherche des moyens, ils sont bientôt trouvés. Ma vieille parente allait deux fois par semaine au marché faire ses achats nécessaires au ménage. Elle sortait à l'heure de mes leçons. Quand Franz arrivait, la femme de ménage lui ouvrait la porte sans venir l'annoncer, car elle savait que je l'attendais. C'est là-dessus que je fondais mon plan. Entre autres choses, je racontai à Franz que souvent je ne pouvais pas dormir la nuit et que si je me recouchais après déjeuner l'on avait beaucoup de peine à me réveiller tant mon sommeil était lourd. Quand il sut cela, je l'attendais naturellement la prochaine fois, couchée sur le sofa dans une pose choisie. Franz arriva comme d'habitude à dix heures. J'avais relevé une jambe, le mollet était visible jusqu'à la jarretière, mon pied s'était tout naturellement dérangé, nuque et gorge étaient nues. J'avais replié un bras sur les yeux, afin de voir par-dessous tout ce que Franz allait faire. Je l'attendais le cœur battant et sérieusement contente d'avoir aussi bien arrangé ma mise. J'entendis la porte de la cuisine se fermer et bientôt il entra. Il s'arrêta comme pétrifié sur le seuil. Son visage rougit, ses yeux s'avivèrent, ils semblaient vouloir me dévorer, mais me dévorer sans aucune férocité. L'effet de mon aspect était si indubitablement visible que j'eus un instant peur d'être seule avec lui, exposée à son bon gré. Il toussa légèrement, puis plus fort, afin de me réveiller. Comme je ne bougeais pas, il s'approcha du sofa et se baissa assez pour regarder, pour examiner. J'avais tout arrangé pour qu'il y vît quelque chose ; mais Franz me raconta plus tard qu'il n'avait pas vu grand-chose. J'observais tous ses mouvements ; je voulais dormir aussi longtemps que possible. Il toussa de nouveau, se moucha très fort, remua des chaises. Je dormais ! Alors il se pencha sur ma gorge, puis regarda de nouveau avec beaucoup de curiosité. Je dormais ! Tout à coup il sortit de la chambre pour partir ou aller chercher la femme de ménage. Le pauvret ! J'étais fâchée d'avoir préparé vainement cette scène. Il m'avoua plus tard qu'il avait réellement cherché la femme de ménage, mais que celle-ci était sortie. Il revint au bout de quelques minutes et semblait encore plus irrésolu. Il fit de nouveau du bruit pour me réveiller, naturellement sans résultat, car je voulais obtenir gain de cause. Il était très excité et se demandait que faire. Mais j'avais bien appris les leçons de Marguerite et de « Félicia », je savais qu'un homme ne résiste pas longtemps à une telle occasion. S'il n'était pas expérimenté, François avait tout de même des sens, et il aurait dû être de pierre pour résister à une telle tentation. Et vraiment il eut le courage, et c'était là véritablement du courage étant donné mon caractère, de me toucher le mollet, puis le genou. Si ce contact m'excitait déjà tant, que devait être son état ! Pauvre jeunet ! Ses yeux fixaient craintivement mon visage pour voir si je n'allais pas me réveiller. Enfin, comme il continuait à me frôler magiquement, un frisson voluptueux m'inonda quand je sentis pour la première fois une main d'homme, et en même temps les souvenirs de mon enfance m'envahirent. C'était autre chose que tout ce que je connaissais. Je ne jouais plus la comédie quand je me mis à soupirer. Je fis un mouvement, je changeai de position, mais non pas au désavantage de mon pauvre cavalier tout tremblant. Il pensait que j'allais me ré-veiller ; il put se convaincre que j'étais en pleine léthargie, et il recommença son jeu. Grâce à ma nouvelle position, il avait beaucoup plus d'emprise. Aussi ne se contentait-il plus de me frôler si légèrement : il essayait tout doucement de tout voir. Vous m'avez dit vous-même, quand vous m'examiniez, que malgré la dévastation causée par cette dégoûtante maladie, j'étais très bien conformée. Aussi, pouvez-vous croire que François devint hors de lui, complètement hors de lui, et que même son insurmontable timidité fut tentée ! Il me caressait aussi légèrement que possible ; ces caresses étaient l'objet – et je dois l'avouer – de mes désirs. Je connus la différence entre la caresse d'un homme et celle de Marguerite ou la mienne. Tout en dormant je m'étendais, me mouvais, mais je me gardais bien de changer véritablement de position, ce qui aurait été bien naturel pour une femme endormie. François ne pouvait plus se maîtriser. Il commença fiévreusement à se préparer et je dois dire qu'il m'aurait sûrement conquise sans les avertissements de Marguerite que j'avais vivement en esprit. Je voulais devenir une grande actrice, cela était une résolution inébranlable, mais j'étais tout aussi résolue à jouir de tout ce que mon sexe pouvait goûter sans danger. Il ne s'agissait donc pas de m'abandonner à un petit blanc-bec sans expérience ! Je m'éveillai donc au moment où il s'agenouillait hors de lui ; je regardais avec des yeux épouvantés le téméraire, et d'un seul mouvement de côté il perdit tous les avantages de la position.

Vous avez toujours loué mon grand talent de comédienne. Ici, il se passa une belle scène, vous auriez eu l'occasion d'admirer la vérité de mon jeu. D'un côté, reproches, déception, pleurs ; de l'autre, peur, trouble, honte. Il oubliait de cacher la véritable nouveauté de la situation, ce qui m'était très agréable, car sous mes larmes et mes sanglots je pouvais satisfaire ma grande curiosité. Je pouvais me féliciter de ma ruse, j'avais gagné un jeune homme très robuste. L'explication fut très simple. Je lui prouvai qu'il m'avait déshonorée, qu'il devait quitter la ville si je voulais me plaindre de sa conduite éhontée.

Je l'aurais chassé, et il ne serait plus revenu, si je ne lui avais avoué que j'avais un faible pour lui et que depuis longtemps j'avais remarqué son amour. Je lui pardonnais sa faute à cause de sa grande passion. Je lui dis cela avec conviction et tout naturellement ; il me crut sur parole. Il s'apaisa peu à peu, se montra très visiblement respectueux, timide et honteux de ce qu'il appelait son crime, et tout se termina dans un long baiser qui ne voulait pas finir.

Tout cela n'alla pas plus loin ce jour-là. Il était aussi timide qu'auparavant et ne se permettait rien. Après tous ces reproches, ces aveux, ces pardons, tout se passa comme si rien n'était arrivé. Notre leçon de chant fut très ennuyeuse ; et quand ma tante revint du marché, Franz me quitta tout honteux et craintif. Je compris que mon plan si rusé n'avait servi à rien. Je compris qu'il n'allait plus revenir. Mais je ne voulais pas m'être si grossièrement trompée ! J'étais inquiète et distraite ; je me creusais la tête pour arriver à mes fins sans risquer mon honneur. Avant tout, je devais me retrouver seule avec lui. J'avais deviné juste. Il me l'avoua plus tard, il avait décidé de ne plus franchir notre porte. Il ne m'était pas difficile de faire tout ce que je voulais ; je ne l'aimais pas ; je m'entêtais à faire ma volonté. Mon professeur de chant me servit d'intermédiaire. Je le priai de bien vouloir m'examiner pour voir si j'avais fait des progrès avec l'accompagnateur qu'il m'avait recommandé. Franz dut donc assister à cet examen, et il fut bien surpris de se rencontrer tout à coup avec moi. Je lui dis en cachette que je devais absolument le voir, que ma tante ou que la femme de ménage avait dû remarquer quelque chose. Fort troublé, il était prêt à tout ; je lui donnai rendez-vous pour le soir, au théâtre. Or, quand des jeunes gens ont des rendez-vous secrets, le reste s'ensuit tout naturellement. Un grand pas était donc fait. Le soir, je quittai ma loge comme d'habitude et je rencontrai Franz à l'endroit convenu. Il m'attendait déjà. Je lui dis que, d'après les étranges allusions de ma tante, la femme de ménage avait dû nous épier. J'étais désespérée, car je ne savais pas ce qu'il avait fait pendant que je dormais et jusqu'à quel point il avait poussé son audace. Je lui dis encore que je me sentais indisposée depuis, fiévreuse, que je soupçonnais le pire. Franz ne savait comment m'apaiser. Entre temps, nous étions déjà tout proches de ma demeure. Si cela continuait ainsi, tous nos reproches et nos pardons n'y faisaient rien, nous nous serions séparés simplement, nos relations n'auraient pas été changées. Tout à coup, au plus haut degré de mon excitation, je me trouvai mal, je ne pouvais plus faire un pas. Franz fut forcé d'aller quérir un fiacre, et si je ne l'avais pas tiré derrière moi, il m'aurait laissée m'en retourner toute seule à la maison. Dans le fiacre étroit et sombre, il ne pouvait plus m'échapper. Les minutes passaient rapidement ; je lui dis que je ne pouvais pas me présenter ainsi, en larmes et en désordre à ma tante, et de dire au cocher de nous mener sur les glacis. Tout alla dès lors pour le mieux. Les larmes devinrent des baisers et les reproches des caresses. Je ressentais pour la première fois le charme d'être étreinte par un homme. Je me défendais faiblement, car sa timidité l'aurait fait cesser immédiatement. Je voulais toujours savoir ce qu'il avait fait durant mon long sommeil. Quand il vit que ses explications et ses promesses ne pouvaient pas me convaincre, il essaya enfin de me prouver qu'il s'était contenté de peu. Il me prouva facilement ce que je savais depuis longtemps. Il osa la première caresse qui me procura une tout autre sensation que durant mon sommeil simulé, car cette fois il me baisait sur la bouche. Il me serrait contre lui aussi fortement que possible et me laissait aller peu à peu, comme cédant à ses caresses. Je soupirais, mes reproches cessèrent avec mon souffle devenu plus court, je jouissais avec volupté de ses tendresses. Il est vrai qu'elles étaient bien franches et inexpérimentées. Je savais bien mieux faire tout cela et provoquer le bon moment. Franz ignorait, le pauvret, que la sensibilité la plus grande se trouve dans le parvis. Il tâchait toujours de faire le mieux possible, mais sans savoir de quoi il s'agissait ; cependant il m'embrassait, et plus il y réussissait, plus il était hors de lui. Je sentais bien que la nature lui dictait d'aller jusqu'au bout, de s'unir à moi complètement. Mais il ne s'agissait pas de cela et jamais il ne devait en être question entre nous. Je l'avais décidé. Aussi quand il me pressait trop et qu'il essayait autre chose, je le repoussais violemment en arrière et le menaçais de crier au secours. J'étais de nouveau tolérante et bonne quand il s'écartait effrayé et se contentait de ce que je lui laissais. J'étais très heureuse de la réussite de mon plan, bien que cette jouissance fût encore bien incomplète. J'avais pris ce fiacre pour me remettre de mon malaise ; notre entretien pourtant ne me le permettait guère. Enfin, je dus me dépêcher pour rentrer à l'heure à la maison.

Je quittai Franz avec la certitude de le revoir bientôt, et je ne me trompais pas. Il vint, et commencèrent alors une suite d'heures heureuses et sensuelles. Aujourd'hui encore, elles sont mon plus beau souvenir, bien que j'aie depuis connu d'autres voluptés plus intenses et plus riches. Avant de vous raconter la suite, je dois intercaler ici une aventure que j'eus encore ce soir-là et qui me permit de jeter un regard profond dans les conditions de la société humaine ; une fois de plus, j'eus la preuve que toute apparence est trompeuse. Ma vieille parente était déjà dans la quarantaine, c'était une bonne mé-nagère, un modèle d'ordre, de vertu et d'épargne. Les seuls êtres auxquels elle s'intéressait étaient un canari et un roquet gras et rond qu'elle ne laissait jamais sortir de sa chambre et qu'elle menait elle-même promener dans la journée. Je rentrai plus tard que je ne pensais, la femme de ménage me dit que ma tante était déjà couchée. Je me déshabillai aussitôt, afin qu'elle ne remarquât point ma toilette, tant soit peu en désordre, car je voulais encore aller lui souhaiter bonne nuit et lui raconter quelque histoire pour lui expliquer mon retard. Comme je ne voulais pas la réveiller si elle dormait, je regardai par le trou de la serrure pour voir s'il y avait encore de la lumière dans sa chambre. J'aurais attendu tout, excepté le spectacle qui s'offrit à ma vue ! Ma tante était au lit. Elle avait rejeté la couverture, elle tenait son chien, qui était en train de caresser avec la plus grande ardeur les restes de son ancienne splendeur. Ce spectacle n'était pas très appétissant. Bien que ma tante fût complètement habillée, elle avait peut-être été belle autrefois, mais elle n'était plus aujourd'hui qu'une vieille, maigre et décharnée, avec le visage dur, sur lequel poussait une moustache rêche et grise si vilaine qu'on ne saurait rien voir de si vilain, de si contraire à tout ce qui constitue la grâce et le charme de la femme.

Donc, ma tante aussi !

Pour elle, pourtant, j'aurais mis ma main au feu, et voici que je la surprenais ! Elle n'était pas du tout indifférente à cette activité essentielle de la vie terrestre ! Il est vrai qu'elle se contentait de peu. Probablement, elle craignait de se mettre entre les mains d'un homme, car vraiment elle ne pouvait plus avoir aucune prétention à l'amour et à la tendre jouissance. Cet acte était nouveau pour moi ; je voulais savoir combien il durerait et comment il finirait ; je restai donc à mon poste d'observation. Ma tante avait fermé les yeux, je ne pouvais pas voir l'expression de son visage et reconnaître l'effet que lui causait cette jouissance secrète. Par contre, ses mouvements disaient d'autant plus vivement le plaisir qu'elle y trouvait. Elle se mouvait et grimaçait de la façon la plus plaisante, mais qui aurait été bien propre à effrayer un enfant. Parfois, elle regardait à droite et à gauche si personne n'était là. Ma petite tante semblait très expérimentée, car quand le chien fut fatigué, elle perpétua les mouvements secrets que son bien-aimé roquet avait cessés. Le chien se grattait, se mordait pour attraper des puces. Et tandis que ma tante s'animait de plus en plus, son chien, qui ne s'occupait plus d'elle, s'amusait tout autant à sa manière. Mais cela ne lui réussit pas aussi bien qu'à sa maîtresse. Tant qu'elle se dépêchait, elle n'eut pas le temps de le chasser. Mais dès qu'elle eut atteint son but, détendu ses membres et que son âme se fut ouverte toute grande, elle lui appliqua un grand coup de pied. La pauvre bête se réfugia sous le lit en gémissant. Ma tante resta encore un instant immobile, puis elle remonta les couvertures et baissa la lampe.

Ce spectacle inattendu avait pris fin. Je me gardai bien de révéler ma présence derrière la porte. C'était encore une expérience, et cela au moment même où j'avais honte de tromper ma tante par un mensonge. Maintenant je savais à quoi m'en tenir et je ne voulais plus être trompée. Avant tout, je voulais essayer moi-même ce que j'avais vu faire ! En tout cas, cela devait être sans danger, puisqu'une vieille fille aussi peureuse que ma tante s'y livrait. Je dois avouer que j'avais pitié de cet affreux chien qui n'avait pas pu satisfaire son désir. Délicieusement émue de tout ce que j'avais appris dans la journée, j'eus beaucoup de peine à m'endormir et je fis des rêves monstrueux où Franz et le chien étaient étrangement confondus. Le lendemain matin, je n'eus rien de plus pressé que d'envoyer ma tante en visite dans un faubourg éloigné, et quand je fus seule dans l'appartement je commençai l'expérience. Je compris pourquoi ma tante enfermait continuellement son chien. A peine fut-il dans ma chambre qu'il se mit déjà à renifler près de moi. Je l'avais déjà remarqué auparavant, mais sans y prendre garde, car ma tante l'appelait aussitôt et le prenait sur ses genoux. Je n'eus pas besoin de longs préparatifs pour arriver à ce que je voulais apprendre. A peine étais-je couchée sur le sofa, je lui laissai libre accès et il me rendit aussitôt les mêmes services qu'à ma tante. Décors et formes le déroutèrent au début. Il devint comme il était la veille au soir avant de chercher ses puces. Je ne pouvais que me réjouir de cette découverte. J'ai connu toutes les variétés des jouissances secrètes et je ne mens pas en disant que cette caresse d'un chien, si elle ne se fait pas trop violente, est la plus agréable de toutes, quoique incomplète. La plus agréable, parce que l'on reste soi-même complètement inactive et que l'on peut s'abandonner à son imagination, plus que durant toute autre pratique. Incomplète, parce qu'un assouvissement complet ne peut jamais avoir lieu. La caresse d'un animal ne s'accélère pas, ne s'anime pas, ne devient pas plus expressive, elle reste également agréable, chaude et humide. J'étais très curieuse de savoir combien je supporterais une telle excitation : cela dura un bon quart d'heure. Il y avait donc de quoi me réjouir de la découverte.

Puisque j'ai pu surmonter ma honte, je dois vous faire un autre aveu, que je pensais bien ne jamais faire à personne. Vous avez ma parole et je la veux tenir. Le chien se dressa contre ma jambe et commença selon sa nature. Espiègle comme je le suis, ces efforts du chien m'amusaient et je le laissais faire ce qu'il voulait. A la fin, il me fit pitié et je me mis à l'aider. L'ardeur avec laquelle il poursuivait son désir ne m'était pas désagréable. Ce que je voyais ne m'intéressait pas outre mesure, car j'ai toujours été fort curieuse de toutes les nouveautés, même les plus singulières. Je compris aussi les scènes étonnantes auxquelles j'avais assisté dans les rues. Je vous avouerai donc que je soulageai ce pauvre animal tourmenté. Je tâchais de le contenter, et c'est avec plaisir que je vis enfin l'aboutissement de mes peines, et j'avoue qu'à ce moment-là il me vint des pensées moqueuses à l'égard de mon cousin.

Loin de ressentir des remords pour une telle perversion de la féminité, j'ajoute que j'ai toujours extrêmement goûté le plaisir d'assister aux accouplements des animaux et de les leur faciliter. Vous avez peut-être raison de dire que ceci est une perversion ou tout au moins un débordement de la sensualité ; mais je dois vous faire remarquer que jusqu'au jour où je vous ai fait, à vous tout seul, l'aveu de ma grossesse et de ma contamination, j'ai toujours eu le renom d'être une fille très vertueuse. Donc mes goûts n'ont offensé personne et je n'ai fait de mal à personne. Tout ce qui a trait à l'union intime de deux êtres a toujours exercé un charme étrange, irrésistible sur moi, – sans jamais me pousser à des actes déraisonnables. J'ai goûté à peu près tout, mais je n'en ai jamais parlé ; et ce n'est que dans les relations les plus intimes que j'ai dévoilé ma véritable nature. Une fois, en séjour dans la famille d'un grand propriétaire terrien qui possédait un haras des plus admirables chevaux anglais et arabes, j'assistais presque tous les jours aux ébats des admirables étalons qui couvraient les juments. J'y avais assisté une première fois par hasard et ce spectacle m'était resté inoubliable. Grâce à ma ruse naturelle, j'ai su jouir de ce spectacle durant plus de trois semaines, pendant l'absence de mes amis qui étaient aux eaux. Personne ne soupçonnait que, cachée derrière un rideau, je regardais les étalons, car ma chambre ne donnait pas sur les enclos. Je ne sais pas si vous avez jamais vu cela chez des chevaux de race ; je puis vous affirmer qu'il n'y a pas de plus admirable spectacle qu'un étalon couvrant une jument. Ces belles formes, cette puissance, le feu des yeux, cette tension apparente de tous les nerfs, de tous les muscles, enfin cette frénésie poussée jusqu'à la rage ! Tout cela a pour moi un attrait magique. On peut rester froid ou en parler avec dédain, même avec dégoût, mais on est bien forcé d'avouer que la copulation est le moment suprême de la vie animale et que la nature l'a ornée dans la majorité des cas de beaucoup de grâces et de beauté, même aux yeux de l'homme. Les oiseaux chantent avec plus de ferveur, les cerfs combattent, chaque être augmente en force et en beauté. Tout cela s'observe le mieux chez des chevaux de noble race. La jument, obéissant à une loi de la nature, se refuse, et l'étalon doit s'en approcher avec beaucoup de précautions pour ne pas s'exposer à ses ruades. Peu à peu, il réussit à vaincre sa résistance. Il galope autour d'elle, frotte ses flancs avec ses naseaux, hennit, il ne sait comment dépenser le surplus de ses forces. Sous son pelage de velours toutes les veines et tous les muscles se gonflent et le signe de sa virilité apparaît dans sa grandeur et dans sa nervosité. On ne comprend pas où tout cela va finir. A la fin, la jument accepte et se présente. En un clin d'œil il occupe le trône et attaque furieusement le port de son désir. Longtemps, longtemps il bat en vain. Ainsi autrefois dans les tournois les preux s'exerçaient à frapper l'adversaire. On voudrait aider la pauvre bête, et c'est ce que font les valets d'écurie. Mais à peine ont-ils donné de l'aide, à peine le fougueux animal a-t-il enfin réussi qu'il s'ensuit une poussée telle que l'on ne peut pas en décrire la puissance, ni le résultat. Les yeux sortent des orbites ; de la vapeur monte des naseaux ; le corps entier semble se convulsionner. Celui qui contemple ce spectacle avec l'œil du corps ou l'œil spirituel connaît une grande jouissance. Je ne puis pas cacher que je ne pouvais assez voir ce spectacle, qui m'excitait toujours au plus haut point.

Ainsi que les jeux secrets de ma tante m'avaient été révélés par hasard, c'est par hasard que j'ai fait ici ces aveux, je reprends donc au plus vite mon sujet. Après les déclarations et les intimités du fiacre, ma liaison avec Franz prit une tournure particulière. Comme je ne l'aimais pas – je ne connus ce puissant sentiment que beaucoup plus tard et pour mon plus grand malheur – j'étais décidée à ne jamais lui accorder les droits entiers d'un mari. Il devait me servir d'amusement. Je voulais connaître et expérimenter avec lui tout ce que je pouvais goûter sans danger. Naturellement, il devint peu à peu plus osé, mais comme je ne lui accordais pas tout, je le dominais toujours et j'en faisais ce que je voulais.

Aussi souvent que j'étais seule avec lui – et j'étais assez raisonnable pour que cela n'arrivât pas trop souvent – je passais les heures les plus exquises. Je lui permettais la liberté la plus entière, et bientôt il ne fut plus aussi inexpert et aussi sauvage que dans le fiacre. Il osait me baiser partout, me caresser, m'admirer. Il est vrai qu'il me donnait beaucoup à faire à l'empêcher d'aller plus loin. Quand il essayait ce que je lui défendais avec acharnement je le repoussais en arrière et je ne redevenais bonne enfant que quand il me promettait d'être plus modeste. Le pauvret avait bien de la peine, je remarquai plusieurs fois qu'il ne pouvait plus être maître de son excitation et qu'il s'affaiblissait. Depuis longtemps, j'étais terriblement curieuse de voir de près cette chose admirable que la nature a si merveilleusement organisée et avec laquelle l'homme peut nous rendre ineffablement heureuses ou indiciblement malheureuses. Naturellement, il ne devait pas remarquer ce que je désirais tant, mais, au contraire, il devait croire que c'était lui qui me conduisait pas à pas sur ce sentier abrupt. Le meilleur moyen était de lui permettre de me faire tout ce que je désirais lui faire. Le petit roquet de ma tante m'avait appris que si l'on ne peut avoir tout ce que l'on désire, il y a toujours certaines compensations possibles. Je n'eus donc pas de peine à pousser Franz à baiser non seulement ma bouche et mes seins, mais à choisir un but plus décisif. Mais comme l'âme ne peut pas rester tranquille dans un baiser sur la bouche, elle le peut encore moins quand il s'agit de nos autres charmes ; et quand mes soupirs, mes palpitations et mes sursauts lui apprirent que j'avais un faible pour cette caresse, il devint même spirituel et me procura une jouissance indescriptible. Parfois, il semblait vouloir en profiter quand, après le déversement de mon âme, une prostration, un abandon complet me gagnait. Il se soulevait alors et voulait profiter d'une seconde d'inattention. Chaque fois il fut trompé, car même au moment de l'extase je ne perdais jamais de vue tout ce que je risquais en cédant dans le point principal. Il descendait alors tout confus du trône qu'il croyait avoir déjà conquis et devait s'adresser là où je pouvais être heureuse sans danger. Ce que Marguerite m'avait conté de ses jeux secrets avec sa maîtresse, je le goûtais maintenant. Quand Franz était couché avec sa tête bouclée devant moi, me caressant le cou, le front et les cheveux, je trouvais que sa caresse avait le jeu le plus fou, le plus amusant, me chatouillait, me faisait rire, tâchait même d'être variée autant que possible, et quand tranquillement étendue je jouissais sans inquiétude, je me comparais intérieurement à la baronne et me trouvais beaucoup plus heureuse qu'elle. Moi j'avais un jeune homme joli et robuste, elle n'avait eu que Marguerite. Je pouvais voir l'influence de mon abandon. Il était admirable, surtout au moment du plus fort ravissement, quand mon âme rêvait, voluptueuse, et qu'il ne se séparait point de moi, mais au contraire m'aimait plus fortement, comme s'il eût voulu absorber toute ma vie. Cette espèce de jouissance a toujours eu un attrait extraordinaire pour moi. Cela tient à la passivité complète de la femme qui reçoit les caresses de l'homme et à l'hommage extraordinaire qui est ainsi rendu à ses charmes ; d'ailleurs elle est très rare, et surtout quand l'homme a le droit d'exiger davantage. Rien que dans le contact extérieur de la bouche, dans un simple baiser, son effet est plus qu'enivrant ; mais si la bouche connaît en outre son devoir ou l'a appris par le tressaillement des parties caressées, je ne sais vraiment si je ne dois pas préférer cette jouissance à toute autre. D'ailleurs elle dure plus longtemps et ne vous rassasie pas. Ce qui va suivre m'est encore plus difficile à avouer que tout ce qui a précédé. Aussi je renonce au beau droit de la femme de se faire toujours un peu violenter. La vérité est entre nous, et ce que je n'aurais pas le courage de vous dire oralement doit néanmoins être dit. Il est tout naturel qu'après tant d'amabilité et de complaisance de la part de Franz, la réciprocité eût lieu. Il y avait longtemps que je désirais faire tout ce que j'avais vu ma mère accomplir dans ce jour inoubliable où elle provoqua mon père à des jouissances répétées. La chose se fit toute seule. D'abord la main, en détournant honteusement les yeux, puis la bouche encore hésitante, mais goûtant peu à peu davantage, et à la fin le plaisir tout entier sans honte et sans vergogne. Je ne sais pas ce que les hommes ressentent quand ils osent caresser tous les objets de leurs vœux. Mais si j'ose en conclure par ce que je ressentis en regardant, caressant, baisant, en faisant toutes les folies imaginables avec tout ce qui m'était dévolu alors, vraiment la volupté de l'homme est alors puissante. Ce que je voyais et touchais maintenant, je l'avais déjà vu chez mon père, chez mon cousin et chez le cocher de mes parents. Mais je devais le connaître dans toutes les proportions de sa force et de sa beauté ! Franz était plus jeune que mon père, plus sain et plus robuste que mon cousin, plus aimable et plus tendre que ce grossier valet d'écurie ; donc une expérimentation sans fin. Sans doute, il y a beaucoup de femmes qui, par pudeur ou par afféterie, ne goûtent jamais le plaisir tout entier. Cela dépend de beaucoup de choses. Avant tout du caractère de la femme, puis aussi de la violence de l'homme qui ne s'attarde que très involontairement aux préambules pourtant si agréables et qui pousse immédiatement à l'ultime jouissance. Quant à Franz, il méritait bien ce dédommagement puisque je lui fermais avec tant de constance ce qu'il appelait son paradis. D'ailleurs il était si excité quand il m'avait si longtemps caressée que par simple pitié j'aurais dû faire ce que je faisais avec plaisir. J'avais peu de jouissance quand il était si hors de lui, je regrettais presque de croire que ma beauté était cause de tant de hâte virile. J'en goûtais par contre beaucoup quand, après une courte pause et un moment de conversation, il renaissait peu à peu, quand ce joli garçon, chef-d'œuvre de la nature, recouvrait toutes ses forces. Quel délicieux jeune homme ! Tout en lui sentait la jeunesse, et les soins qu'il prenait de lui-même lui conservaient cette jeunesse. Comme il était ravissant aux moments où il me regardait ! Dois-je cacher, après avoir tout dit, que dans un moment d'enivrement je couvrais de mes baisers sa jolie tête bouclée, que je m'attardais longtemps à sa nuque et à son oreille droite qui s'ourlait comme un coquillage et que je préférais à son oreille gauche, je ne sais pas pourquoi d'ailleurs, car ses deux oreilles, comme chez tout le monde, se ressemblaient parfaitement. Aujourd'hui encore, le sang bout dans mes veines quand j'y pense, et vraiment je ne regrette rien de tout ce que j'ai fait alors. Mais ce que j'ai fait plus tard m'a donné des remords, d'amers remords, et je dois à votre amitié désintéressée que ces remords n'aient pas empoisonné le restant de ma vie. Je l'ai éprouvé moi-même, l'on n'ose pas jouer impunément avec le feu, et les principes les plus forts peuvent être trahis par un tressaillement momentané des nerfs, une humeur noire de notre intérieur. Ça serait bien triste si une jeune fille, à la lecture de ces lettres, avait envie d'agir comme je l'ai fait dans des circonstances particulières.

Si, par exemple, elle s'adonnait plus d'une seule fois par semaine au plaisir solitaire, aussi voluptueux soit-il, des faiblesses
corporelles et des maladies s'ensuivraient. Si elle se confiait à
l'amitié intime d'une amie sans être auparavant assurée de sa
discrétion, elle aurait toutes sortes d'ennuis. Si elle permettait
à un jeune homme qui ne veut pas l'épouser toutes sortes de
faveurs, et cela sans être sûre de ses sens, elle se rendrait malheureuse pour toute la vie ! La lecture des livres voluptueux et
infâmes est très dangereuse pour les jeunes filles ! J'ai eu plus
tard toute une collection de ces livres et connais par expérience l'impression qu'ils font. Les *Mémoires* de M. de H… ; les
Galanteries des abbés ; la *Conjuration* de Berlin ; les *Petites histoires*,
de Alihing ; les *Romans priapiques* en allemand ; le *Portier des
Chartreux* ; Faublas ; *Félicia* ou *Mes Fredaines*, etc., en français,
sont de véritables poisons pour les femmes non mariées. Tous
ces livres racontent la chose d'une manière attrayante, excitante, mais aucun ne parle des suites, aucun ne met une jeune
fille en garde contre l'abandon trop complet à l'homme ; aucun
ne décrit les remords, la honte, la perte de l'honneur et les
douleurs physiques qui peuvent arriver. C'est pourquoi le mariage est une institution excellente que chaque homme raisonnable doit défendre. Sans le mariage, les désirs sensuels feraient
des hommes des bêtes sauvages. Ceci est ma conviction, bien
que je ne me sois pas mariée. Une actrice n'ose pas avoir des
liens. Elle ne peut être à la fois ménagère, mère de famille et
l'idole du public. Je sens que je serais une épouse conscien-
cieuse et une très tendre mère – naturellement si mon mari me
rendait heureuse ainsi que je le mérite. C'est parce que je

connais l'importance extraordinaire de la vie sexuelle dans toutes les conditions humaines, – c'est parce que je sais par expérience et par observation que ce point tenu secret par les hommes les plus honorables et les plus tendres est le centre de la vie en société, – c'est parce que je sais tout cela que je serais une compagne exemplaire. J'agirais comme ma mère a agi, je m'efforcerais d'être toujours nouvelle pour mon mari, je me prêterais à toutes ses fantaisies et pourtant je lui cacherais toujours quelque chose, je serais tout en semblant n'être rien, ce qui est, je crois, la clef de toute la vie humaine.

7

Roudolphine

A la fin de ma dernière lettre, je suis devenue bien sérieuse ! Ceci est encore un trait de mon caractère. Je prévois toujours la suite des choses ; je dois toujours me rendre compte des impressions, des sentiments et des expériences. Même l'ivresse la plus violente des sens n'a jamais pu fourvoyer ce trait de mon esprit. Et, aujourd'hui, je commence justement un chapitre de mes confessions qui vous le prouvera assez.

Ma liaison avec Franz continuait naturellement. J'étais toujours très prudente ; ma tante ne soupçonnait donc rien et nos rendez-vous étaient un secret pour tout notre entourage. En outre, je persistais à ne pas me trouver plus d'une fois par semaine seule avec Franz. Le jour de mon début approchait et Franz devenait toujours plus téméraire. Il pensait avoir acquis des droits et devenait autoritaire, ainsi que tous les hommes qui se croient sûrs d'une possession indiscutée. Mais ce n'est pas ainsi que je l'avais entendu ! Je conçus immédiatement un plan. Au moment de commencer une brillante carrière, devais-je être liée à un homme sans importance et que je dominais à tous les points de vue ? Le quitter en mauvais termes était dangereux. J'étais exposée à son indiscrétion. Il s'agissait d'être très habile, et je réussis à dénouer notre liaison avec tant d'à-propos que Franz croit encore aujourd'hui que si le hasard ne nous avait pas séparés, je l'aurais sûrement épousé. Ce hasard était mon œuvre. Je fis comprendre à mon professeur que son accompagnateur me poursuivait de ses déclarations et que j'étais prête à briser le cours de ma carrière d'artiste pour me contenter « d'une maisonnette et d'un cœur ». Mon professeur, qui était très fier de m'avoir formée et qui se promettait beaucoup de mon début, se fâcha. Je le suppliai de ne pas rendre Franz malheureux, que cela me ferait beaucoup pleurer et que ma voix en souffrirait. Ainsi j'atteignis mon but et Franz reçut un engagement à l'orchestre du théâtre de Budapest. Nous prîmes tendrement congé : j'avais brisé nos relations sans avoir rien à craindre.

Peu de temps après notre séparation, je débutai au théâtre de la Porte Kaertner. Vous savez avec quel succès. J'étais plus qu'heureuse. Tout le monde m'entourait, m'assiégeait. Les applaudissements, l'argent et la célébrité. Je ne manquais pas de courtisans, d'admirateurs et d'enthousiastes. L'un pensait atteindre son but avec des poésies, l'autre avec des présents précieux. Mais j'avais déjà remarqué qu'une artiste n'ose céder à sa vanité ou à ses sentiments sans tout risquer au jeu. C'est pourquoi je feignis d'être indifférente ; je décourageai tous ceux qui s'approchèrent de moi et j'acquis bientôt le renom d'une vertu inabordable. Personne ne soupçonnait qu'après le départ de Franz j'avais de nouveau recours à mes joies solitaires des dimanches et aux délices du bain chaud, pimentées de toute espèce de jouissances. Pourtant, je ne cédais jamais plus d'une fois par semaine à l'appel de mes sens, qui exigeaient beaucoup plus, surtout après un rôle et des applaudissements qui m'avaient excitée. Mille yeux me surveillaient, aussi étais-je excessivement prudente dans toutes mes relations ; ma tante devait m'accompagner partout et personne ne pouvait me reprocher quelque chose.

Cela dura tout l'hiver. J'avais un engagement fixe et je m'étais installée sans trop de luxe, mais très confortablement. J'étais aussi introduite dans la meilleure société et je me sentais très heureuse. Je ne regrettais que très rarement la perte de Franz, car tout ce que je faisais toute seule ne pouvait pas m'assouvir complètement. Des circonstances heureuses me dédommagèrent l'été suivant. J'avais été introduite dans la maison d'un des plus riches banquiers de Vienne et je reçus de sa femme les témoignages de la plus véritable amitié. Son mari m'avait fait la cour, espérant, avec son immense fortune, conquérir facilement une princesse de théâtre. Après avoir été éconduit comme tous les autres, il m'introduisit dans sa maison en croyant me gagner de cette façon. J'y avais ainsi mes entrées libres. Je refusai continuellement les avances de l'homme et, peut-être à cause de cela, la femme devint bientôt mon amie la plus intime. Roudolphine, c'était son nom, avait environ vingt-sept ans. C'était une brunette très piquante, très vive, très animée, très tendre et très femme. Elle n'avait pas d'enfants, et son mari, dont elle n'ignorait pas les fredaines, lui était assez indifférent. Ils avaient des relations respectueuses entre eux et ne se refusaient pas, de temps à autre, les joies du mariage. Malgré tout, cette union n'était pas heureuse. Son mari ignorait sans doute qu'elle était d'un tempérament excessivement avide, ce qu'elle cachait avec beaucoup d'habileté.

J'eus bientôt la révélation de ses penchants. A l'approche de la belle saison, Roudolphine alla habiter sa charmante villa, à Baden. Son mari y venait régulièrement tous les dimanches et amenait quelques amis. Elle m'invita à venir y passer l'été, à la fin de la saison théâtrale. Ce séjour à la campagne devait me faire du bien. Jusque-là il n'avait été question que de toilette, de musique et d'art entre nous, et voici que nos conversations prirent un tout autre caractère. La cour que son mari me faisait nous en fournit l'occasion. Je remarquais qu'elle mesurait les fredaines de son mari d'après les privations qu'il lui imposait. Ses plaintes étaient si sincères et elle cachait si peu l'objet de ses regrets que je décidai immédiatement d'être sa confidente et de jouer le rôle d'une amie simple et inexpérimentée. J'avais joué juste et touché son côté faible, ainsi que celui de toutes les jeunes femmes ; elle se mit tout de suite à m'instruire, et plus je faisais l'innocente, et plus ce qu'elle me racontait me semblait invraisemblable, plus elle s'entêtait à vouloir m'éclairer, plus ses lèvres me contaient ce dont son cœur était plein. D'ailleurs elle prenait grand plaisir à me révéler ces choses. Mon étonnement la stupéfiait, elle ne pouvait croire qu'une jeune artiste qui jouait avec tant de feu ignorât tout. Déjà au quatrième jour après mon arrivée, nous prîmes un bain ensemble ; l'enseignement pratique ne pouvait pas manquer, après tant de beaux discours. Et plus j'étais gauche et empruntée, plus elle s'amusait à exercer une novice. Plus je faisais de difficultés, plus elle s'enflammait. Pourtant au bain et en plein jour, elle n'osa pas dépasser certains chatouillements et badineries ; je compris qu'elle allait employer toute sa ruse pour me décider à passer la nuit avec elle. Le souvenir de la première nuit passée dans le lit de Marguerite m'envoûta d'une telle façon que je vins à mi-chemin au-devant de son désir. Je le fis avec tant d'ingénuité qu'elle se convainquit encore plus de mon innocence. Elle croyait me séduire, et c'était moi qui la pliais à mon caprice. Sa chambre à coucher était des plus charmantes ; elle était meublée avec tout le luxe que seul un riche banquier peut s'accorder et avec tout le raffinement qu'un fiancé prépare pour la nuit d'hyménée. C'est là que Roudolphine avait été faite femme. Elle me raconta dans tous les détails son expérience et ce qu'elle avait ressenti quand la fleur de sa virginité avait été brisée. Elle ne se cacha point d'être d'un tempérament très voluptueux. Elle me dit aussi que jusqu'après son deuxième accouchement elle ne prenait aucun plaisir aux étreintes, alors très fréquentes, de son mari. Son plaisir ne se développa que peu à peu et devint soudain très vif. Longtemps je n'y pouvais pas croire, ayant été moi-même d'un tempérament ardent dès ma jeunesse ; maintenant j'en suis convaincue. Le mari est fautif dans la plupart des cas : il presse trop pour finir aussitôt après avoir commencé ; il ne sait pas exciter la sensualité de la femme ou l'abandonne à mi-chemin. Roudolphine avait eu des compensations pour les privations endurées ; elle était aussi charmante qu'avide et ne supportait qu'avec humeur les négligences de son mari. Je ne vous raconterai point les badineries et les folies que nous fîmes toutes les deux seules dans son grand lit anglais. Nos ébats étaient très charmants, et Roudolphine était insatiable dans le baiser et dans le contact caressant. Elle jouissait des deux durant des heures et soupçonnait à peine que ce temps était encore trop court pour moi, tant je feignais de lui céder avec peine et avec doute.

Nos relations devinrent bientôt beaucoup plus intéressantes. Roudolphine se consolait en secret du papillonnage de son mari. Dans la villa voisine habitait un prince italien. Il vivait d'habitude à Vienne, et le mari de Roudolphine avait en main ses affaires d'argent. Le banquier était l'humble serviteur de l'immense fortune du prince. Celui-ci, dans la trentaine, était, extérieurement, un homme très sévère, très fier, d'une culture toute scientifique ; intérieurement, il était dominé par la sensibilité la plus vive. La nature l'avait doué d'une force corporelle exceptionnelle. Il était, en outre, l'égoïste le plus parfait que j'aie jamais rencontré. Il n'avait qu'un but : jouir à tout prix ; qu'une loi : se préserver, à force de ruse, de toutes les suites fâcheuses de ses jouissances. Quand le banquier était là, le prince venait souvent dîner ou prendre le thé. Je n'avais pourtant jamais remarqué qu'il eût la moindre liaison avec Roudolphine. J'appris tout par hasard, car Roudolphine se gardait bien de m'en souffler un mot. Les jardins des deux villas se touchaient. Un jour que je cueillais des fleurs derrière une haie, je vis Roudolphine retirer un billet de dessous une pierre du mur, le cacher rapidement dans son corsage et s'enfuir dans sa chambre. Soupçonnant une petite intrigue, je l'épiai par la fenêtre et je la vis lire fébrilement un billet qu'elle brûla aussitôt. Puis elle se mit à son secrétaire pour écrire probablement la réponse. Pour la tromper, je courus dans ma chambre et chantai à haute voix, comme si je m'exerçais. Par la fenêtre, je surveillais l'endroit où elle avait retiré le papier. Bientôt apparut Roudolphine ; elle se promena le long du mur, joua avec les branches et cacha sa réponse avec tant d'adresse que je ne la vis pas faire. Pourtant j'avais bien remarqué où elle s'était arrêtée le plus longtemps. Dès qu'elle fut rentrée et dès que je me fus assurée qu'elle était occupée, je me précipitai au jardin. Je découvris facilement le billet, caché sous une pierre. Enfermée dans ma chambre, je lus :

« Pas aujourd'hui, Pauline dort avec moi. Je lui dirai demain que je suis indisposée. Pour toi, je ne le suis pas. Viens demain, comme d'habitude, à onze heures. »

Le billet était en italien et d'une écriture contrefaite. Vous pensez bien que je compris tout. Mon plan était déjà fait. Je ne remis point le billet à sa place. Ainsi le prince devait venir cette nuit et nous surprendre toutes les deux au lit. Moi, l'innocente, j'étais en possession de son secret et je sentais bien que je n'en sortirais pas les mains vides. Il est vrai que j'ignorais encore comment le prince parviendrait jusqu'à la chambre à coucher de Roudolphine. A déjeuner, nous avions convenu de passer la nuit ensemble, c'est pourquoi elle avait refusé la visite du prince. Au thé, elle me fit comprendre que nous ne coucherions pas ensemble de la huitaine, car elle sentait approcher l'époque de son indisposition. Elle pensait me tromper et je l'avais depuis longtemps dans mes liens. Avant tout, il s'agissait de la faire aller au lit avant onze heures, afin qu'elle ne trouvât pas moyen d'éviter au dernier moment la surprise que je lui réservais. Nous allâmes de très bonne heure au lit et je fus si folâtre, si caressante et si insatiable qu'elle s'endormit bientôt de fatigue. Poitrine contre poitrine, nos respirations juvéniles mêlées, les mains entrelacées, c'est ainsi que nous étions étendues, elle endormie, moi de plus en plus éveillée et impatiente. J'avais éteint la lampe et j'attendais avec émotion si ma ruse allait réussir. Tout à coup, j'entendis crier le plancher de l'alcôve, un bruit comme de pas assourdis ; puis la porte s'ouvrit, j'entendais respirer, se déshabiller et enfin on s'approcha du lit, du côté de Roudolphine. Maintenant j'étais sûre de moi et je feignis dormir très fortement. Le prince, car c'était lui, souleva la couverture et se coucha auprès de Roudolphine, qui s'éveilla aussitôt, épouvantée. Je la sentais trembler de tout le corps. Maintenant, la catastrophe. Il voulut monter immédiatement sur le trône qu'il avait tant de fois possédé. Elle se défendait ; elle lui demanda hâtivement s'il n'avait point reçu sa réponse. En voulant continuer ses caresses, il toucha ma main et mon bras. Je criai ; j'étais hors de moi. Je tremblais, je me pressais contre Roudolphine. Je me divertis beaucoup de la peur de Roudolphine et de l'étonnement du prince. Le prince avait poussé un juron italien, et Roudolphine dut bien vite se taire quand elle voulut me faire croire que c'était son mari qui venait tout à coup la surprendre. Je l'accablai de reproches d'avoir exposé ma jeunesse et mon honneur à une scène aussi terrible, car j'avais reconnu la voix du prince. Le prince, en parfait galant homme, comprit bientôt qu'il n'avait rien à perdre, mais, au contraire, qu'il gagnait un intéressant partenaire. C'est justement ce que j'attendais de lui. Avec des mots tendres et plaisants, il rendit naturelle notre étrange aventure. Il alla fermer la porte de la chambre à coucher, enleva les clés et se mit au lit. Roudolphine était entre nous. Puis vinrent les excuses, les explications et les reproches. Mais il n'y avait rien à changer à la chose. Nous devions nous taire tous les trois, pour ne pas nous exposer aux suites désagréables de cette hasardeuse et inexplicable rencontre. Roudolphine se calmait peu à peu, les paroles du prince se faisaient plus douces. Moi, je sanglotais. Par mes reproches, j'acculais Roudolphine à me faire la confidente, donc la complice de cette liaison défendue. Vous voyez que la leçon de Marguerite me profitait, et le souvenir de son aventure à Genève. C'était, au fond, la même histoire, sauf que le prince et Roudolphine ignoraient qu'ils étaient des marionnettes entre mes mains !

Roudolphine ne me cacha plus rien de sa longue liaison avec le prince ; mais elle lui révéla aussi ce qu'elle faisait avec moi, la petite innocente, et elle lui raconta encore comment je brûlais du désir d'en apprendre bien plus long sur ces choses. Ceci excitait le prince, et quand je tâchais de faire taire Roudolphine, elle ne parlait qu'avec plus d'ardeur de ma sensualité retenue par ma honte, et de mes beautés secrètes. Le prince ne restait pas impassible ; je remarquai qu'il pressait de ses mains les bras de Roudolphine, manifestant ainsi son excitation sensuelle. De temps en temps, ses jambes frôlaient les miennes. Je pleurais, je brûlais de curiosité, et Roudolphine tâchait encore de me consoler ; mais à chaque mouvement du prince, elle devenait plus distraite. Bientôt, elle aussi s'agita nerveusement ; elle tâchait de me faire partager son plaisir, je ne me défendis nullement et je la laissai faire. Tout à coup, je remarquai qu'une autre caresse s'égarait et se mêlait à celle de Roudolphine. Je ne devais pas supporter cela, si je voulais rester fidèle au rôle que je m'étais tracé. Je me tournai donc, très fâchée, contre le mur, et comme Roudolphine avait aussitôt enlevé sa main en rencontrant celle de son amant sur ce chemin défendu, je fus abandonnée à ma bouderie et je dus terminer moi-même et en cachette ce que mes compagnons de lit avaient commencé. Mais à peine avais-je tourné le dos qu'ils oublièrent toute retenue et toute honte. Le prince prononça les plus doux mots d'amour en s'adressant à Roudolphine, qui lui répondait aussi gentiment que possible, selon l'habitude qu'ils avaient prise dans leurs jours d'épanchement. Je fondais de convoitise. Je ne voyais rien avec les yeux, mais mon imagination m'enflammait. Au moment où tous deux se pâmèrent en soupirant et en tressaillant, je me pâmai moi-même et je perdis connaissance.

Après la pratique vint la théorie. Le prince était maintenant entre Roudolphine et moi, je ne sais si c'était par hasard ou à dessein. Il était immobile, ne faisait pas un geste, et je n'avais rien à craindre. Je savais très bien que je devais rester silencieuse pour conserver ma supériorité envers eux. J'attendais donc ce qu'ils allaient entreprendre pour n'avoir plus rien à craindre de leur complice. Ils essayèrent tour à tour et de différentes façons : Roudolphine me prouva d'abord que, puisque son mari la négligeait et poursuivait d'autres femmes, même qu'il m'avait courtisée, elle avait le droit absolu de s'abandonner aux bras d'un cavalier si aimable, si courtois et, avant tout, si discret. A la plus belle époque de son âge, elle ne voulait, elle ne pouvait manquer des plus douces jouissances terrestres, et d'autant plus que ses médecins lui avaient recommandé de ne pas faire rigueur à son tempérament. Je savais d'ailleurs qu'elle était d'un tempérament très vif ; elle savait que je n'étais pas du tout indifférente à l'amour, que je n'en craignais que les suites. Elle voulait seulement me rappeler ce que nous avions fait ensemble ce soir même, avant l'entrée inattendue du prince. Je tentai de lui mettre la main sur la bouche, mais cela n'allait pas sans faire un geste vers mon voisin, qui se saisit de ma main et la baisa, à petits coups, très tendrement. Maintenant, c'était à son tour. Son rôle n'était pas facile, il devait soupeser chaque mot pour ne pas froisser Roudolphine. Mais je sentais, à l'intonation de sa voix, qu'il tenait plutôt à me conquérir au plus vite que d'avoir égard à l'humeur de Roudolphine qui, maintenant, était forcée d'accepter tout pour ne pas voir son secret s'ébruiter. Je ne me souviens plus de tout ce qu'il me dit pour me calmer, s'excuser et me prouver que je n'avais rien à craindre de lui. Je me souviens seulement que la chaleur de son corps m'affolait, que sa main caressait mon cou, mon visage, mes seins, puis enfin tout mon corps. Mon état était indescriptible. Le prince s'avançait avec lenteur, mais avec sûreté. Je ne tolérais pas son baiser, car il aurait alors remarqué combien je brûlais d'envie de le lui rendre. Je luttais avec moi-même, j'avais envie de terminer cette comédie, de mettre fin à mon afféterie et de m'abandonner complètement à la force des circonstances. Mais alors je perdais ma supériorité vis-à-vis des deux pécheurs, les ficelles de mes marionnettes m'échappaient, et j'aurais été en outre exposée aux baisers fécondants de cet homme violent et passionné, car le prince n'aurait pas su limiter son triomphe, une fois vainqueur. J'avais remarqué avec quelle violence il avait caressé Roudolphine. Toutes mes prières auraient été vaines, et mes précautions n'auraient eu sans doute aucun effet ; d'ailleurs savais-je si au dernier moment j'aurais pu me retenir ? Toute ma carrière d'artiste était en jeu. Je fus donc ferme. Je me laissais tout faire sans y répondre, et je me défendais très violemment quand le prince essayait d'obtenir davantage. Roudolphine ne savait plus quoi me dire, ni ce qu'elle devait faire ; elle sentait que ma résistance devait être brisée cette nuit même, afin qu'elle-même osât encore me regarder dans les yeux le lendemain matin. Pour m'exciter encore plus – ce dont vraiment je n'avais plus besoin – elle mit sa tête sur ma poitrine, m'embrassa, me caressa doucement, puis plus violemment, avec des paroles délicates et particulièrement flatteuses. Ensuite elle commença un jeu si aimable que je lui laissai pleine liberté. Le prince lui avait cédé sa place ; il me baisait à pleine bouche avec volupté ; si bien que j'étais couverte de baisers partout. Je ne faisais plus aucune résistance, je ne courais plus aucun risque ; je laissai ma main au prince, lequel ne perdait pas une seconde ni un geste, tout en jouant avec la belle chevelure de notre commune amie. Il m'apprenait à la caresser, à la flatter de la main. Notre groupe était compliqué, mais excessivement aimable ; il faisait noir, et je regrettais beaucoup de ne pouvoir le voir, car il faut aussi jouir de ces choses avec les yeux ! Roudolphine tremblait ; les baisers qu'elle me donnait et les caresses du prince l'excitaient au suprême degré, elle se pâmait comme si elle allait s'évanouir. L'excitation du prince augmentait et, à défaut de mon abandon complet, celui de Roudolphine et ma propre complaisance, poussée aussi loin qu'il n'y avait pas de danger, lui procurèrent la volupté. Roudolphine me baisait avec toujours plus de passion : nous gravîmes tous les trois le plus haut degré de la jouissance. C'était enivrant, si fort et si épuisant que nous fûmes un grand quart d'heure avant de nous remettre. Nous avions trop chaud par cette nuit d'été, nous ne pouvions plus supporter les couvertures et nous étions étendus, aussi éloignés que possible. Après cette chaude action, le froid raisonnement reprit à nouveau. Le prince parlait avec sang-froid de cet étrange rendez-vous préparé par le hasard, comme s'il avait organisé une partie à la campagne. Se basant sur ce que Roudolphine lui avait raconté, il ne se donnait même plus la peine de me gagner ; il se contentait de combattre ma crainte des suites funestes. Il savait bien qu'il n'aurait pas de peine à me convaincre pour la chose même. La virtuosité de mes caresses, le plaisir que j'avais goûté, le battement précipité de mon cœur dans ma poitrine et que le tressaillement de mon corps traduisait, tout cela lui avait révélé mon tempérament. Il ne devait que me prouver qu'il n'y avait pas de danger, et c'est ce qu'il essayait de faire avec toute l'adresse d'un homme du monde. C'est ainsi qu'il s'en remit au temps et n'exigea même pas la répétition d'une telle nuit. Il nous quitta à une heure, car il faisait jour de très bonne heure. Il sacrifiait volontiers la durée d'une jouissance à son secret et à sa sûreté. Il devait traverser la garde-robe, le corridor, gravir une échelle, sortir par une fenêtre et gagner une lucarne avant de se retrouver dans sa maison et de gagner en cachette son appartement. Le congé fut un mélange merveilleux de tendresse, de timidité, de badinage, de défense et d'intimidité. Quand il fut sorti, nous n'avions, Roudolphine et moi, aucune envie de nous expliquer ; nous étions si fatiguées que nous nous endormîmes aussitôt. Au réveil, je fis semblant d'être inconsolable d'être tombée entre les mains d'un homme ; j'étais outrée qu'elle lui eût raconté nos plaisirs. Elle ne remarqua même pas combien je prenais plaisir à ses consolations.

Naturellement, je refusai de coucher avec elle la nuit prochaine ; mais mes sens ne devaient plus m'écarter de mes bonnes résolutions ; je ne voulais plus répéter une telle chose ; je voulais coucher seule et elle ne devait pas croire que je permettrais jamais au prince ce qu'elle lui accordait si facilement. Elle était mariée, elle pouvait être enceinte, mais moi, artiste, observée par mille yeux, je ne l'osais pas, cela me rendrait malheureuse !

Comme je m'y attendais, elle me parla alors des mesures de sûreté. Elle me raconta qu'elle avait fait la connaissance du prince à une époque où elle ne fréquentait pas son mari, par suite de dispute, et quand, par conséquent, elle n'osait pas être enceinte. Le prince avait alors apaisé toutes ses craintes en employant des condoms, et je pouvais aussi les essayer. Et elle me dit encore que, par la suite, elle s'était convaincue que le prince avait beaucoup de sang-froid et restait toujours maître de ses sentiments. D'ailleurs, il savait épargner d'une autre façon encore l'honneur des dames, – si j'étais bien aimable, je l'apprendrais bientôt. Bref, elle tâcha de me persuader de toutes façons de m'abandonner complètement au prince, pour goûter les heures les plus gaies et les plus heureuses. Je lui fis comprendre que ses explications et ses promesses ne me laissaient pas entièrement froide, mais que je conservais encore bien des craintes.

Vers midi, le prince rendit visite à Roudolphine, une visite de convenance qui s'adressait aussi à moi ; mais je me dis indisposée et ne parus point. Ainsi ils pouvaient convenir sans crainte des mesures à prendre pour vaincre ma résistance et m'initier à leurs jeux secrets. Comme je ne voulais plus coucher avec Roudolphine, ils devaient s'entendre pour me surprendre dans ma chambre à coucher, et cela aussi vite que possible, pour ne pas me laisser le temps de me repentir et de retourner peut-être en ville. J'avais pensé juste.

Durant l'après-midi et le soir, Roudolphine ne me parla plus de la nuit passée. Elle m'accompagna à ma chambre à coucher, renvoya la femme de chambre. Quand je me fus couchée, elle alla fermer elle-même l'antichambre. Personne ne pouvait plus venir nous déranger. Elle s'assit sur mon lit et reprit de plus belle ses arguments pour tâcher de me convaincre ; elle me décrivit tout avec beauté et séduction et m'assura qu'il n'y avait rien à craindre. Naturellement, je faisais semblant d'ignorer que le prince était dans sa chambre et qu'il nous écoutait peut-être derrière la porte. Je devais donc être prudente et ne céder que peu à peu.

— Mais qui me garantit que le prince emploiera le domino que tu me décris ?

— Moi. Crois-tu que je lui permettrais autre chose que ce que je lui permettais moi-même les premiers temps ? Je garantis qu'il n'apparaîtra pas sans domino à ce bal !

— Mais cela doit faire terriblement mal ! C'est un homme d'une vigueur exceptionnelle et d'une violence dangereuse.

— Au premier moment, tu souffriras sans doute un peu ; mais il est des calmants préventifs dont on usera à ton égard, autant qu'il sera utile pour t'éviter de grandes douleurs.

— Et tu es bien sûre que je ne cours aucun danger de complications ultérieures, qui gâteraient à jamais ma vie ?

— Voyons, est-ce que je me serais abandonnée sans cela ? Alors, je risquais tout, car je n'avais plus aucune relation avec mon mari. Lorsque je me fus réconciliée avec lui, je permis tout au prince. Mais maintenant je m'arrange pour que mon mari me rende visite chaque fois que le prince a été chez moi, et cela au moins une fois tous les huit jours ; ainsi, je n'ai plus rien à craindre.

— Cette pensée m'épouvante. Puis, il y a encore la honte de se donner à un homme. Je ne sais pas ce que je dois faire. Tout ce que tu me dis me charme, mes sens me commandent de céder à ton conseil. Je ne voudrais pour rien au monde supporter encore une nuit comme la dernière, car alors je ne pourrais plus résister. Tu as raison, le prince est aussi galant que beau. Tu ne connaîtras jamais tous les sentiments qui s'éveillèrent en moi quand j'entendis que vous étiez heureux, là, à mon côté !

— Moi aussi j'avais un double plaisir en te faisant partager, quoique bien imparfaitement, ce que je ressentais moi-même au suprême degré. Je n'aurais jamais cru qu'une jouissance à trois pût être aussi violente que celle que j'ai goûtée moi-même hier au soir ! Je l'avais lu dans les livres, mais je pensais toujours que c'était exagéré. Odieuse m'est la pensée d'une femme se partageant entre deux hommes, mais je vois bien que l'accord est charmant entre deux femmes et un homme raisonnable et discret ; bien entendu, il faut que les deux femmes soient de véritables amies, ainsi que nous deux. Mais l'une ne doit pas être plus honteuse et plus craintive que l'autre. Et ceci est encore ta faute, ma chère Pauline.

— C'est bien heureux que ton prince ne soit pas là, ma chère, pour écouter notre conversation. Je ne saurais pas comment me défendre de lui. Ce que tu me dis me ronge d'un feu intérieur. Vois toi-même combien je suis échauffée et tremblante.

En disant cela, je me tournai vers elle et je me plaçai de façon à ce que, si quelqu'un regardait par le trou de la serrure, rien ne lui pût échapper. Si le prince était là, c'était le moment d'entrer, et il entra !

Ainsi qu'un homme du monde parfait et plein d'expérience, il comprit immédiatement que toute parole était inutile, qu'il devait vaincre avant tout et qu'il y aurait après assez de temps pour les explications. A la conduite de Roudolphine, je vis que tout était arrangé d'avance. Je voulais me cacher sous les couvertures, Roudolphine me les arracha ; je voulais pleurer, elle m'étouffait, en riant, de baisers. Et comme j'attendais enfin la réalisation immédiate de mon plus long désir, je dus patienter encore. J'avais compté sans la jalousie de Roudolphine. Malgré la nécessité de me prendre pour complice, malgré la crainte de voir son plan échouer au dernier instant, elle ne m'accordait pas les prémices des baisers princiers. Avec une ruse que je lui enviai, mais que je n'osais pas démasquer sans sortir de mon rôle, elle dit au prince que je consentais et que j'étais prête à tout, mais que je voulais encore me convaincre de l'efficacité du moyen employé, et qu'elle voulait se soumettre à un essai devant moi. Je vis bien que le prince ne s'attendait pas à une telle offre et qu'il aurait préféré faire cet essai avec moi plutôt qu'avec Roudolphine. Pourtant il n'y avait rien à faire contre cette proposition. Roudolphine fit donc tous les préparatifs nécessaires pour se garantir contre les conséquences du baiser masculin, puis elle se livra au prince impatient, en me recommandant de rester attentive à l'opération.

La recommandation était superflue : le spectacle était vraiment superbe de ces deux êtres, beaux et jeunes, s'aimant avec fougue, avec puissance, entraînés par leur passion et par les forces aveugles de la nature. Leurs soupirs annoncèrent l'extase.

Roudolphine ne relâcha pas l'étreinte de ses bras avant d'avoir retrouvé ses esprits ; alors, avec un visage rayonnant, elle retira le domino et me montra, triomphante, qu'il avait rempli son but. Elle se donna une peine inimaginable pour me faire comprendre ce que Marguerite m'avait déjà si bien expliqué ; mais je n'avais jamais su me procurer ces engins, que Franz aussi aurait pu employer. Roudolphine débordait de joie, elle m'avait montré sa suprématie, elle avait obtenu les prémices du prince qui, certainement, attendait un autre plat, ce soir-là. Je décidai de prendre ma revanche quelques instants plus tard. Le prince était extrêmement aimable. Au lieu de profiter de son avantage acquis, il nous traitait toutes deux avec beaucoup de tendresse. Il ne prenait rien, se contentait de ce que nous lui accordions, et parlait avec feu du plaisir qu'un divin hasard lui procurait avec deux femmes aimables. Il décrivait nos relations avec les plus belles couleurs. C'est ainsi qu'il remplissait le temps pour reprendre ses forces ; il n'était plus très jeune, mais restait vaillant dans le plus séduisant plaisir.

Enfin, l'instant était venu ! Il me supplia de me confier entièrement à lui et de supporter une douleur peut-être excessive. Roudolphine fit avec beaucoup de mignardises les préparatifs auxquels j'assistais, en regardant à travers mes doigts. Pendant ce temps je songeais, un peu inquiète. Il y avait longtemps que je me demandais comment tromper le prince sur ma virginité. Car une première fois, très artificiellement, au temps de Marguerite, j'avais perdu ce qui a tant de prix pour les hommes. Toutefois, j'étais décidée à m'abandonner tout entière : je voulais être initiée.

J'ai gardé de ces moments un souvenir très net ; tous les gestes de mon bouillant partenaire, comme les miens, se sont calqués en quelque sorte dans mon cerveau, et je pourrais reconstituer très exactement, très minutieusement, la scène qui devait me faire définitivement femme, consacrer l'emprise de l'homme sur mon corps. Mais à quoi bon revivre ces minutes vraiment poignantes ? A quoi bon aussi tenter de leur donner une importance qu'elles ne peuvent avoir que pour nous, les initiées ? J'étais la victime, mais une victime bénévole, impatiente du sacrifice. Quant au bourreau, quelle que pût être sa délicatesse, il était le mâle, que le sang versé devait remplir de joie, de volupté, d'orgueil. Certes, j'ai souffert, et beaucoup plus même que je n'y étais préparée, que je ne me l'étais imaginé ; mais je l'avais voulu, il avait fallu que je le veuille : j'étais destinée, comme toutes celles de mon sexe, à expier je ne sais quelle faute originelle. Vous voulez savoir si du moins la douleur fut accompagnée de joie. Vraiment, je mentirais si je parlais d'un plaisir. D'après ce que Marguerite m'avait raconté et d'après mes propres essais, je m'attendais à un plaisir beaucoup plus fort. Comme je feignais d'être évanouie, j'entendis le prince parler avec enthousiasme des signes évidents de ma virginité. En effet, mon sang avait jailli sur le lit et sur sa robe de chambre. C'était beaucoup plus que je n'osais espérer, surtout après mon malheureux essai au temps de Marguerite. Vraiment, il y avait une belle différence entre l'artifice et la réalité. En tout cas, cela n'était pas mon propre mérite, mais bien un pur hasard, ainsi que la virginité est en général une chimère. J'en ai souvent parlé avec des femmes, et j'ai entendu les choses les plus contradictoires. Certaines femmes affirment n'avoir jamais souffert ; d'autres, par contre, avouent que longtemps l'approche de l'homme leur fut très douloureuse. Ce sont là mystères de la nature et de la conformation corporelle. Au reste, rien n'est plus facile que de tromper un homme, surtout si ce dernier est quelque peu crédule et confiant. Les subterfuges qui laissent croire à la virginité sont nombreux et précis ; toute femme un peu expérimentée le sait, et l'étude des mœurs de tous les pays, de l'Orient à l'Occident, nous donne à cet égard des renseignements suggestifs. Assez philosophé !

D'ailleurs il est temps que je me réveille de mon évanouissement ! J'avais fait à ma volonté ; il s'agissait maintenant de jouir sans sortir de mon rôle de fille séduite. Le principal était fait ! Le prince et Roudolphine prenaient un plaisir particulier à me consoler, car ils étaient convaincus d'initier une novice ! Les rideaux furent tirés et un jeu indescriptible et charmant commença. Le prince fut assez honnête pour ne pas parler d'amour, de langueur et de nostalgie. Il n'était que sensuel, mais avec délicatesse ; car il savait que la délicatesse pimente les jeux d'amour. Je faisais toujours semblant d'avoir été violée, mais je n'apprenais que plus vite tout ce que l'on m'enseignait. Et le professeur était savant, bien doué, tumultueux dans ses désirs comme dans ses gestes. La théorie et la pratique avaient chacune leur tour : la première était un piment de tout premier ordre pour préparer les satisfactions encore un peu douloureuses de la seconde. Vous comprenez que je ne puisse pas oublier cette nuit incomparable ! Le prince nous quitta bien avant le jour, et nous nous endormîmes, étroitement enlacées, jusqu'à midi passé.

8
Seule !

Après ce long et profond sommeil, qui nous réconforta des fatigues endurées durant la nuit, nous déjeunâmes copieusement. Roudolphine dut se confesser, c'est-à-dire me raconter dans tous ses détails sa liaison avec le prince.

Son histoire n'était, au fond, que celle de toute femme sensuelle négligée par son mari. Le prince, grâce à sa grande expérience, avait tout de suite compris le malheur secret de l'union de Roudolphine, et elle ne put pas lui cacher bien longtemps son tempérament impressionnable.

Dans ces circonstances, le prince s'était approché d'elle avec beaucoup de prudence et d'adresse. Passionné, mais d'un extérieur froid, il évitait de se compromettre. Il avait su profiter de l'humeur volage du mari pour excuser la propre infidélité de Roudolphine.

Roudolphine, tourmentée par son tempérament et voulant, depuis longtemps, se venger de la froideur de son mari, s'était laissé séduire. En général, la vengeance est ce qui pousse le plus facilement à l'adultère, quoique les femmes mariées ne l'avouent qu'involontairement.

Roudolphine m'avoua d'ailleurs qu'elle n'aimait point le prince, et pourtant j'eus l'occasion de remarquer qu'elle était jalouse de ses faveurs, sinon de ses amitiés. Elle m'avoua encore que le prince était le seul homme auquel elle se fût donnée, excepté son mari.

Je le crois volontiers. Roudolphine devait surveiller jalousement le renom mondain de son mari et son honneur encore intact. Elle devait, avec beaucoup de prudence, faire le choix de ses relations. Son mari n'aurait pas accepté impunément une conduite légère de sa femme : s'il ne l'aimait plus, il était très fier et craignait le ridicule. Dans ces circonstances particulières, je crois volontiers que le prince était le seul homme auquel elle accordait ses faveurs ; d'un autre côté, je ne crois pas me tromper en disant qu'avant de rencontrer le prince, elle eût été très facilement la proie de tout séducteur adroit si la plus grande entremetteuse du monde, l'occasion, lui eût été favorable.

L'histoire de Roudolphine n'avait donc rien d'extraordinaire ; j'écoutais pourtant avec plaisir cette confession. De semblables histoires, concernant mon sexe, m'ont toujours captivée. J'ai le don de les provoquer par ruse ou par surprise, si mes amies ne m'ouvrent pas volontairement leur cœur et si elles ne veulent pas me révéler le secret de leurs manières de penser et de sentir.

De telles communications m'intéressent psychologiquement, elles élargissent mon point de vue et la connaissance du monde et des hommes. Elles confirment ma conception, que j'ai déjà plusieurs fois répétée : notre société vit sur l'apparence, et il y a deux morales, une morale devant les hommes et une morale entre quatre yeux.

En effet, quelle expérience n'avais-je pas, malgré ma jeunesse ! D'abord, mon père, sévère et digne, et ma mère vertueuse : je les avais surpris au moment de l'ivresse des sens, au moment du triomphe de la volupté. Ensuite, Marguerite : quoique vive et animée, elle parlait toujours des convenances et des bonnes mœurs, elle sermonnait perpétuellement ma jeune cousine, et quels aveux n'avait-elle pas confiés à ma jeune oreille, et n'avais-je pas vu de mes propres yeux comment elle apaisait ce qui la consumait en se procurant l'illusion de ses désirs ! Enfin, ma tante, l'exemple le plus complet d'une vieille fille prude et sèche ! Et Roudolphine, cette élégante jeune femme, qui se donnait à un homme parce que la joie du lit conjugal lui était trop parcimonieusement distribuée, selon son goût ! Et le prince, cet homme extérieurement froid et diplomatique, une nature complètement disciplinée, quelle vigueur sensuelle ne vivait pas en lui ! Et ces personnes ne jouissaient-elles pas, dans leur cercle, du renom de la plus haute moralité ? Oui, j'avais raison : le monde se base sur l'apparence.

Maintenant que j'avais atteint mon but, que j'étais la confidente de Roudolphine et du prince, je crus ma pruderie hors de mise et j'avouai à Roudolphine, non sans feindre de rougir, que les ébats de la nuit passée et que les enlacements du prince m'avaient fait grand plaisir. Roudolphine m'embrassa très tendrement pour cet aveu. Elle était encore toute ravie de m'avoir initiée dans les mystères de l'amour, d'avoir été ma maîtresse et de m'avoir procuré une jouissance que je ne devais, au fond, qu'à ma propre ruse.

Le soir, le prince ne nous fit pas inutilement languir. Il partageait ses caresses également entre Roudolphine et moi. Ma vanité me disait que, malgré cette neutralité apparente, il me préférait de beaucoup à Roudolphine. Roudolphine lui était coutumière ; j'avais pour lui l'attrait de la nouveauté et du changement, ce qui est, ainsi que vous le savez bien, le piment du plaisir, tant pour les hommes que pour les femmes. D'ailleurs, je ne pris pas encore ma revanche. Roudolphine obligea le prince à lui sacrifier les prémices de sa force. Le prince, pour être juste, s'efforça de me compenser de cette perte. Mais à quoi bon vous raconter cette nuit dans tous ses détails : je devrais vous répéter les mêmes choses, ce qui serait fatigant pour tous les deux. Votre imagination, vu mes précédentes confessions, est maintenant capable de se composer ces scènes.

Indubitablement, le premier amour d'un adolescent inexpérimenté a un grand, un immense charme pour une femme. Etre sa maîtresse, le conduire pas à pas, l'initier aux doux secrets du plaisir et lui en faire connaître toute la profondeur ! L'autorité que la femme exerce alors sur l'homme flatte sa vanité. Et les caresses naïves et gauches d'un jeune homme ont un charme particulier. Mais la femme ne goûte qu'entre les bras d'un homme expérimenté le contentement sensuel le plus parfait. Il doit connaître tous les secrets de la volupté et tous les moyens de la renouveler et de l'augmenter. Le prince était ainsi. Et si vous pensez qu'à ce raffinement sensuel, qu'à la force de sa nature physique il joignait la plus parfaite délicatesse, qu'il ne brutalisait jamais la femme qui s'abandonnait à lui, qu'il semblait toujours avoir en vue le seul plaisir de la femme et qu'ainsi il jouissait doublement, vous aurez une idée de ce que devaient être les jeux voluptueux de ces nuits taciturnes.

Le dimanche suivant arriva, comme d'habitude, le mari de Roudolphine. Le prince fut invité à dîner. A Vienne, le prince fréquentait beaucoup la maison du banquier ; mais à Baden il se montrait rarement dans la villa de Roudolphine pour ne pas éveiller de soupçons. Depuis que j'étais mêlée à leur secret, je ne l'avais vu que la nuit. Alors il ne connaissait aucune contrainte, le lieu et le but de mon rendez-vous le voulaient naturellement.

Malgré ma force de caractère, j'avoue que je ne vis pas le prince sans violents battements de cœur. Il entra dans la salle à manger, et je crois bien qu'une vive rougeur inonda mon front malgré mes efforts. La conduite du prince me calma bientôt et m'aida à me maîtriser moi-même.

Le prince salua Roudolphine avec la familiarité que ses relations avec le mari lui permettaient ; moi, il me salua avec cérémonie. A table, après les premiers verres de vin, il s'anima un peu, mais sans jamais sortir de sa froideur qui lui était comme une seconde nature. Personne, en nous observant ainsi à table, n'aurait pu soupçonner les relations intimes qui existaient entre nous. La conduite du prince était d'une politesse recherchée, mais rien de plus, et d'une froideur aristocratique. Le prince était vraiment supérieur en son genre. Il avait une vaste culture scientifique et une expérience profonde du monde et de la vie ; il ne perdait jamais son sang-froid ; rien ne le rendait confus, et il était tout à fait impossible de lire ses pensées sur son visage calme et impassible. Chevaleresque des pieds jusqu'à la tête, il était serviable et réservé ; sa plus grande qualité était cependant sa discrétion. Il avait eu beaucoup de succès auprès des femmes ; il connaissait subtilement toutes les faiblesses du cœur humain. Il parlait rarement de ses conquêtes et ne citait jamais les noms. L'égoïsme froid qui était le trait fondamental de son caractère lui permettait de rompre toute liaison qui lui pesait ; mais jamais aucune femme n'eut à se plaindre d'avoir été trahie. Il pouvait rompre froidement un cœur de femme, mais il épargnait toujours son honneur. Sans amour et sans besoin de tendresse, le prince ne recherchait que la jouissance. C'est pourquoi l'amitié de cet homme m'était très précieuse, moi qui recherchais aussi le plaisir sans vouloir donner mon cœur.

Nous prîmes le café au jardin. Le prince offrit son bras à Roudolphine et le banquier m'offrit le sien. Comme les deux hommes s'étaient éloignés un instant pour parler affaires, Roudolphine m'exprima les regrets que la venue de son mari lui causait en interrompant nos plaisirs nocturnes.

Si Roudolphine avait l'intention de me condamner cette nuit-là à la continence, cela ne s'accordait pas avec mes intentions. Dès l'arrivée du banquier j'avais décidé d'avoir le prince pour moi seule cette nuit. Je ne savais pas comment lui faire comprendre que si Roudolphine renonçait à sa visite, j'y tenais d'autant plus. Le prince me murmura lui-même à l'oreille que je pouvais l'attendre, malgré la présence du mari de Roudolphine. Je n'avais qu'à lui donner la clé de ma chambre à coucher. Une demi-heure plus tard, la clé était entre ses mains.

Le prince pénétra peu après minuit dans ma chambre et je passai des heures ravissantes entre ses bras. Il m'assura qu'il me préférait, sous tous les rapports, à Roudolphine. La chaleur de ses baisers et la force énergique de ses caresses me prouvaient qu'il ne tenait pas seulement à flatter ma vanité féminine. Le prince était très excité ; il était insatiable. Malgré tout le plaisir qu'il me procura, j'étais si épuisée que je m'endormis aussitôt qu'il m'eut quittée. Je ne me réveillai que quand Roudolphine vint elle-même me secouer. Du premier coup d'œil je vis que le prince avait oublié sa montre sur le lavabo. Roudolphine l'avait aussi vue ; elle comprit immédiatement avec qui j'avais passé la nuit et elle connut la cause de mon profond sommeil. Elle me fit de violents reproches sur ma légèreté, qui aurait pu la compromettre aux yeux de son mari. Je lui déclarai avec calme que je ne savais pas comment j'aurais pu la compromettre, vu que son mari, qui m'avait fait la cour, ne pouvait pas me reprocher de permettre libre accès au prince. Tous mes raisonnements n'arrivèrent pas à la calmer. Je compris que son humeur ne découlait pas autant de la crainte d'avoir été compromise que de sa jalousie. Elle enviait les caresses de feu que je venais de goûter, elle qui n'avait pu trouver compensation dans les embrassements froids de son mari.

Le soir suivant, lorsque nous fûmes de nouveau ensemble tous les trois, je vis bien que mes suppositions étaient justes. Roudolphine mit tout en train pour me ravaler aux yeux du prince, elle tâchait de le capter entièrement. Je pris et trouvai ma revanche quand Roudolphine eut ses époques, qui, d'après la loi juive, lui interdisaient toute relation avec l'homme. Le prince ne s'occupait que de moi et en présence de Roudolphine. Cette circonstance mit le comble à sa jalousie. Elle n'aimait pas le prince ; pourtant cette préférence marquée la blessait. Aussi je ne fus aucunement surprise de voir Roudolphine changer de conduite et devenir plus froide. Un jour elle me déclara que des affaires de famille l'obligeaient de quitter Baden plus tôt que de coutume. Ainsi elle mettait fin à ma liaison avec le prince, mais rompait aussi toute relation avec lui, car elle n'osait pas le recevoir dans sa maison à Vienne. Ainsi il est bien vrai que la jalousie, le besoin de supprimer une rivale vous fait accepter les plus durs sacrifices. Entre dames du haut monde, aucune explication n'a lieu quand il s'agit de ces choses ; et ainsi il n'y en eut pas entre Roudolphine et moi. Pourtant je lui fis sentir que je connaissais la raison de son changement de conduite, et que c'était la jalousie. Cette remarque ne contribua point à ranimer nos anciens sentiments, et nous qui avions été si longtemps inséparables, nous nous séparâmes avec une froideur à peine contenue. Mais n'est-ce pas le cas de toute amitié féminine ? Celle-ci, aussi généreuse qu'elle puisse être, ne résiste jamais au premier givre de la jalousie !

Je retournai donc avec Roudolphine à Vienne. Comme je ne lui rendais que très rarement visite, je ne vis que très rarement le prince. Celui-ci avait tâché de m'approcher et m'avait priée de lui permettre de venir me voir ; je dus le lui refuser. Je prenais trop garde à mon honneur pour risquer ainsi de me compromettre. D'ailleurs, même si je l'avais voulu, il m'eût été impossible de lui accorder un rendez-vous, comme il le désirait. Ma tante me surveillait très étroitement, et même si j'étais arrivée à la duper, une actrice, qui par son métier prend un caractère public, est surveillée par mille yeux, et la plus petite imprudence peut la ruiner. On accorde bien à une actrice une certaine liberté d'allures ; les mille yeux du public sont une bien lourde cuirasse à sa vertu ; il lui est plus difficile qu'à toute autre femme de goûter certaines joies en cachette.

C'est ainsi que ma liaison se dénoua. Aujourd'hui, je pense encore avec plaisir au beau et spirituel prince, qui le premier m'enseigna, non pas l'amour, mais bien la volupté qu'une femme peut goûter aux étreintes d'un homme.

Ai-je besoin de vous dire, puisque vous me connaissez, que cette rupture amenée par la jalousie de Roudolphine me causa les plus vifs regrets ? Il m'était bien difficile de trouver un remplaçant, et je dus reprendre les joies si restreintes de la main. Vous connaissez assez la vie théâtrale pour savoir qu'il ne me manquait pas d'admirateurs. Aucune femme, si elle désire faire des conquêtes, n'est plus excellemment placée que les artistes. Elles peuvent, du haut de la scène, exposer leur beauté et leur talent à mille yeux. Les autres femmes ne peuvent agir que dans le milieu très étroit de leur famille. Une actrice célèbre satisfait en outre la vanité des hommes, heureux d'être un peu illuminés par son auréole. Il n'est donc pas étonnant qu'une artiste célèbre soit entourée des représentants de la plus vieille aristocratie et des matadors de la bourse ; même le dernier des poètes lui apporte humblement les premiers essais de sa muse, les adorateurs de toutes les classes la poursuivent : ils attendent tous un regard, ont tous soif de ses faveurs. Mais, parmi tous ces hommes, comment devais-je trouver celui dont j'avais besoin, celui qui était prêt à contenter tous mes désirs, sans s'arroger aucune autorité ? Il devait être mon esclave, il devait être prêt à voir ma liaison se dénouer à chaque instant, et je devais pouvoir compter sur sa discrétion. Seul le hasard pouvait m'aider à faire cette découverte, et le hasard ne me fut point favorable.

J'avais un engagement d'un an au théâtre de la Porte Kaertner. Il touchait à sa fin ; au moment de le renouveler, on me fit des propositions avantageuses à Budapest et à Francfort. J'aime Vienne, la belle ville impériale. J'aurais préféré y rester, même avec des gages moins brillants. La fortune de mon père avait périclité. Depuis un an je n'avais plus besoin de son aide, mais ma reconnaissance m'obligeait à l'aider dans la mesure du possible. C'est pourquoi je m'engageai à Francfort, où les offres pécuniaires étaient les plus avantageuses. Je quittai Vienne pour un an.

Je pris congé de Roudolphine dans une très courte visite. Le temps et sa jalousie avaient absolument éteint notre amitié, jadis si charmante.

DEUXIÈME PARTIE

9
Chaste !

Vous serez très étonné, cher ami, de voir combien les lettres que je vais vous écrire diffèrent de celles que je vous ai écrites jusqu'à présent. Le style, la conception, la philosophie et le point de vue ont changé. Le sujet en sera aussi beaucoup plus varié. Ne pensez donc point que je sois fatiguée d'écrire ou que j'aie trouvé un confident pour continuer mes mémoires. Je devrais alors avoir rencontré un homme auquel je puisse me confier, comme à vous, sans limite. Ceci n'est pas le cas. Il faut connaître les hommes intimement, ainsi que j'ai eu le bonheur de vous connaître, pour oser leur communiquer tout ce que l'on pense et tout ce que l'on sent. Jusqu'à présent je n'en ai rencontré aucun, et surtout pas parmi ceux auxquels je me suis donnée corporellement. Le changement de ma manière d'écrire vient de ce que j'ai changé de point de vue en rédigeant mes souvenirs. Je revis tout au fur et à mesure, je me crois transportée dans les mêmes situations et je n'ai peut-être pas tort d'adapter mon style à chaque nouvelle aventure.

Je me souviens d'avoir lu dans le prologue du « Faust » de Gœthe la phrase suivante, que je crois être un axiome : « Aussi rapide que le passage du bien au mal ». Vous comprendrez ainsi si j'ai changé ma conception de la volupté. Vous le comprendrez d'autant mieux en pensant que quinze mois se sont écoulés depuis ma dernière lettre.

Je ne veux pas vous ennuyer avec une longue préface. Les préfaces ne sont pas récréatives et je ne les lis jamais. Je vais aux faits, *stick to facts*, ainsi que les Anglais disent.

Je vous disais dans ma dernière lettre que j'acceptai l'engagement de Francfort parce qu'il était le plus avantageux. Heureusement que je ne m'engageai que pour deux ans. Sous tous les rapports, ce sont deux années perdues.

Lorsque j'arrivai à Francfort, l'Allemagne n'était pas encore en proie à la wagneromanie, car Wagner était encore inconnu dans le monde musical ; pourtant notre répertoire était déjà du plus mauvais goût. La lutte entre la musique allemande et la musique italienne commençait. L'allemande commençait à triompher à Francfort.

Une cantatrice peut aimer sa patrie, elle peut chérir sa langue, les mœurs et les souvenirs de son enfance ; elle n'a pourtant qu'une seule patrie : la musique. Et j'ai toujours préféré l'italienne à toute autre. Elle rend mieux nos sentiments et notre âme, elle parle mieux le langage de notre cœur. Elle est plus expressive, plus passionnée, plus touchante et plus douce que la musique érudite de l'Allemagne ou que la musique légère et brillante de la France. Celle-ci semble toujours avoir été écrite pour danser le quadrille. Les opéras italiens permettent aux chanteurs de rendre tout ce dont ils sont capables, la musique en a été écrite pour eux ; tandis que la musique allemande était surtout instrumentale, nous devons toujours nous sacrifier à l'orchestre.

En outre, Francfort est la ville la plus désagréable que je connaisse. L'aristocratie de l'argent et les juifs y donnent le ton. On n'y comprend rien à l'art. Les gens louent une loge, comme à la parade. On ne compte que par sa richesse. L'art n'y peut donc pas fleurir. La passion la plus violente gèle dans cette ville. L'amour et les plaisirs n'y sont pas un besoin naturel, « un rafraîchissement de la rate », comme dit Shakespeare.

Il ne me manquait pas d'admirateurs. Ils étaient de toutes nationalités, mais leurs ancêtres à tous avaient passé la mer Rouge. Ils m'entouraient avec respect, quand j'avais soif de volupté. Il n'y en avait pas un que je crusse digne de recevoir mon amour et le trésor que je portais sans cesse avec moi. Parmi mes collègues, il y avait quelques hommes jolis et galants ; mais c'est un de mes principes de ne jamais choisir un comédien, un chanteur ou un musicien. Ils sont trop indiscrets ; on y risque son honneur et parfois son engagement. Je tiens à conserver le nimbe de la vertu.

Si, au moins, j'avais pu rencontrer une femme ou une jeune fille ! Je me serais donnée toute, ainsi qu'à Marguerite ! Je n'aurais rien épargné pour révéler les doux mystères de l'amour ! Mais ces personnes étaient ou prudes inabordables ou très laides. D'autres avaient, par contre, une telle pratique qu'elles étaient usées. Elles me faisaient toutes horreur. J'étais donc bornée à moi-même.

« Et si je profitais de mon séjour forcé dans cette ennuyeuse ville pour me fortifier et me préparer à l'amour à venir ? me disais-je souvent. Suis-je capable de faire cela ? Et la volupté future me récompensera-t-elle de ma chasteté ? Je veux essayer. »

On dit que la volonté humaine est ce qu'il y a de plus fort au monde. Je me soumis à cette épreuve.

Durant les premières semaines, j'eus une peine inouïe à me dominer. Cela me coûtait des efforts surhumains de m'empêcher de frôler machinalement tel ou tel endroit de mon corps. A la longue, ce me fut plus facile. Et quand des rêves voluptueux m'agitaient, quand la chaleur de mon sang m'aiguillonnait, je sautais hors du lit et je prenais un bain froid ou j'ouvrais un journal et je lisais un article de politique. Rien ne refroidit autant qu'une lecture politique ; unie douche froide est, en comparaison, encore un excitant !

Après deux mois de mortifications volontaires, les tentations étaient plus rares. Quand elles me surprenaient, elles n'étaient plus aussi têtues ni aussi longues. Je crois que j'aurais pu renoncer complètement à l'amour, si je l'avais voulu. Ceci est une folie, et je ne sais pas pourquoi je l'aurais fait. L'on peut être chaste pour goûter ensuite une volupté d'autant plus forte. La chasteté est alors un excitant. Quand on veut aller au bal, on ne va pas se fatiguer en faisant de longues promenades auparavant, et quand on est invité à un dîner succulent, on ne se charge pas l'estomac avant d'y aller. Il en est de même des plaisirs de l'amour.

Pourtant je ne sais pas si j'aurais pu supporter cette vie

durant deux ans. Je dois à un divin hasard d'avoir traversé cette épreuve. Je vous vois sourire, vous ne le croyez pas.

Ecoutez plutôt. Je vous assure que je vous écris la pure vérité.

Une de mes collègues, Mme Denise A..., Française de naissance, mais qui parlait parfaitement l'allemand, était la seule, parmi toutes les chanteuses, avec qui je pouvais parler librement de tout. Je n'avais pas à craindre son indiscrétion, tant son indulgence était grande.

Elle avait tout traversé, son expérience était immense, elle était trop blasée pour subir le chatouillement sexuel. Elle n'était pas assez âgée ni assez laide pour ne plus trouver de cavalier d'amour. Et si elle se laissait courtiser par celui-ci et par celui-là, c'était pour les dépouiller, ainsi qu'il est d'usage à Paris.

Certains, que leur goût bizarre poussait vers Denise, s'étaient adressés à moi pour leur servir d'intermédiaire, et j'étais assez bon enfant pour présenter leur plaidoyer. C'est ainsi que commença notre amitié.

« J'ai perdu toute envie de jouir ; non parce que je suis déjà épuisée, mais par dégoût, disait-elle. Quand on pense ou quand on lit jusqu'où peut vous pousser cette espèce de jouissance, l'on n'en a plus envie. L'eau est froide, puis tiède, puis bouillante. L'on s'enfonce dans des bourbiers pour disparaître enfin dans des cloaques remplis de vers immondes. Vous l'apprendriez bientôt, si vous vous aventuriez dans cette voie.

J'ai été mariée au plus grand libertin que l'on puisse imaginer. Ces débauches l'ont tué. C'était une terrible maladie ! Plusieurs maux le rongeaient de son vivant. Il est mort de la tuberculose de la moelle épinière. Il avait, en outre, la syphilis. Son corps n'était qu'une immense plaie, et il perdit la vue. Il n'avait pas encore trente-trois ans. Je l'adorais, j'étais désespérée de l'avoir perdu. Toutes ses maladies l'emportèrent au galop. Il allait tous les jours au bois de Boulogne ; en moins de six mois, il ne pouvait déjà plus bouger. Je le soignais avec une de mes amies ; on devait le servir comme un nourrisson. Savez-vous à qui il devait une fin si épouvantable ? A un être infâme, qui se disait son ami et qui lui mit en main le livre le plus terrible qui ait jamais été écrit : *Justine et Juliette ou les Malheurs de la vertu et les Prospérités du vice*, du marquis de Sade. On dit que l'auteur est devenu fou par suite de ses débauches et qu'il est mort dans un hospice d'aliénés. M. Duvalin, l'ami de mon mari, prétendait que le marquis de Sade n'était pas devenu fou, mais qu'il s'était enfermé dans un cloître, à Noisy-le-Sec, dans les environs de Paris, pour célébrer des orgies avec des jésuites. Quand j'accablai Duvalin de reproches, quand je l'accusai d'être l'assassin de mon mari, il haussa les épaules et me dit que ce n'avait pas été son intention de perdre mon mari, mais, au contraire, qu'il avait voulu le mettre en garde contre ses mauvais penchants. Il n'en pouvait rien si son remède n'avait pas réussi. – Que voulez-vous, madame, me disait-il, moi aussi j'ai été torturé par le démon de la chair ; la lecture de ce livre, qui a perdu votre mari, m'a guéri de toute envie naturelle. Je ne dis pas que je suis devenu un ascète, mais je n'appartiens plus au troupeau des cochons d'Epicure, qui ont fait un cloaque de l'amour sexuel.

Le dégoût m'a dégrisé ; la boue l'a attiré. Qui est fautif ? Au désespoir, je voulais me suicider. Je voulais le faire avec raffinement, car j'étais très fantasque. Mon mari, durant notre union, avait épuisé chaque espèce de jouissance animale que l'on peut goûter avec une femme seule. Quand j'ouvris pour la première fois le livre du marquis de Sade, qui était illustré de cent eaux-fortes, je vis bien qu'il en avait réalisé plusieurs avec moi. Mes pensées déliraient, je voulais tout essayer, m'abandonner à tous les excès contenus dans ce livre et mourir de débauches, comme mon mari. Ainsi, les femmes hindoues montent sur le bûcher après la mort de leur époux et se laissent consumer vivantes.

Mon amour était illimité. La mort que je choisissais était la sienne. Je vous assure qu'elle était beaucoup plus torturante que la mort par le feu. Je voulais étudier la théorie de la volupté animale, puis l'appliquer à la pratique. Mon mari m'avait fait cadeau de quelques-uns de ces ouvrages qui en traitent, ainsi les *Mémoires d'une Anglaise*, de *Fanny Hill*, les *Petites fredaines*, l'histoire de *Dom Bougre*, le *Cabinet d'Amour et de Vénus*, les *Bijoux indiscrets*, la *Pucelle* de Voltaire et les *Aventures d'une Cauchoise*.

Il m'en avait lu une partie pour nous disposer tous les deux au plaisir. Il ne manquait jamais son but et me trouvait prête à faire toutes les cochonneries qu'il désirait. Mais il ne m'avait jamais montré le livre de Sade, qu'il croyait trop dangereux.

Après sa mort, je le découvris au fond d'une armoire à double fond. Je me mis à le lire. Mon impatience me poussait à connaître le sens des illustrations. Je lus avant tout les scènes les plus épouvantables. Par exemple, la torture des femmes, la scène de la ménagerie, l'aventure du mont Etna, les flagellations, les viols de garçons, les scènes à Rome, celle où le marquis de Sade se jette, revêtu d'une peau de panthère, entre des femmes et des enfants nus et mord un garçonnet jusqu'à le tuer, enfin la description des orgies où deux femmes sont guillotinées, les bestialités, etc., etc.

Maintenant, je commençais à comprendre Duvalin. Ce livre pouvait avoir une double influence, suivant le tempérament du lecteur ou de la lectrice, suivant leur sensibilité et leur esprit. Duvalin en était blasé ; moi, j'étais saisie de dégoût. Il me coûta tant d'efforts pour terminer cette lecture que j'étais déjà insensible avant d'aller à la pratique. Je ne pouvais plus penser à l'amour, et quand je pensais aux sensations qu'il procure, elles me paraissaient fades, vides. J'étais radicalement guérie de toute démangeaison voluptueuse qui peut être dans le corps humain. Je commençais à comprendre l'état d'esprit des castrats masculins. »

Denise me raconta encore beaucoup de choses sur ce sujet. Elle me croyait complètement inexpérimentée dans la pratique. Elle soupçonnait que je connaissais le soulagement manuel ou le plaisir que l'artifice peut procurer, ou même l'étreinte de personnes de mon sexe ; mais elle pensait que j'ignorais complètement l'homme. La feinte est innée chez la femme, ainsi que la vantardise chez l'homme. Elle me demanda si j'avais jamais lu un de ces livres dont elle m'avait parlé. A ma réponse négative, elle me conseilla de commencer immédiatement par la *Justine* et la *Juliette* de Sade.

« Quelques médecins prétendent, disait-elle, que le camphre a la vertu d'éteindre le chatouillement sexuel de la femme. Je ne sais pas si cela est vrai. Mais le livre de Sade étouffa durant des mois toute pensée, tout désir de volupté et de débauche. »

Quelle imagination ! Est-il possible que de telles choses se passent ? Les hommes sont là-dedans des tigres et des hyènes ; les femmes, des boas et des alligators. Ce qu'on y trouve le moins, c'est la sexualité naturelle. Les femmes caressent des femmes, les hommes des garçons et des animaux. C'est horrible ! Je me demandais s'il était possible que l'homme se rassasiât jamais de la volupté ; qu'il eût recours à de telles excitations ; qu'il désirât des corps torturés, calcinés, déchirés, à la place de beaux corps blancs. J'eus peur de l'homme qui avait écrit cela. Avait-il vraiment mené une telle vie, ou était-ce la débauche de son imagination qui lui faisait écrire de telles choses ? Il dit, quelque part, que c'étaient là les mœurs des chevaliers de son temps et que des scènes semblables se passaient au Parc-aux-Cerfs.

Il parle de la volupté de voir mourir des hommes. La fameuse marquise de Brinvilliers déshabillait ses victimes et se délectait aux sursauts et aux contorsions des corps nus de ces malheureux.

Durant tout le temps que dura cette lecture, durant plusieurs mois, je ne songeai pas une seule fois à faire ce que j'avais fait avec Marguerite et avec Roudolphine. Il me fallait beaucoup de temps pour lire dix volumes de trois cents pages, d'autant plus que je ne pouvais pas consacrer tous mes loisirs à la lecture ; je devais étudier de nouvelles partitions ; tous les jours, il y avait des répétitions ou des représentations ; je recevais et rendais beaucoup de visites ; j'étais invitée à des bals, à des soirées, à des parties de plaisir à la campagne, etc., etc. En outre, je ne savais pas assez bien le français pour comprendre exactement ce que de Sade écrivait, beaucoup de mots m'échappaient, qui n'étaient dans aucun vocabulaire.

Ainsi, je passai deux ans, vivant aussi chastement que sainte Madeleine, qui a eu également une jeunesse assez agitée et orageuse.

Vers la fin de la deuxième année, je reçus beaucoup d'offres d'engagement de différents théâtres de l'Allemagne, de l'Autriche et de la Hongrie. J'avais de la peine à me décider, quand arriva M. R..., alors intendant des théâtres de Budapest. Il venait expressément à Francfort pour me faire ses propositions oralement.

Deux messieurs l'accompagnaient : un riche propriétaire foncier, le baron Félix de O..., grand dilettante de musique, un homme très aimable, très beau et très riche. Il me fit la cour immédiatement et me promit un revenu beaucoup plus considérable que celui de l'intendant théâtral. En acceptant, je me serais déshonorée à mes propres yeux. Il me répugnait de vendre mes faveurs à Mammon ; aussi je refusai ses offres.

L'autre monsieur était le neveu de l'intendant, un jeune homme d'à peine dix-neuf ans, joli, timide, honteux comme un petit paysan. C'est à peine s'il osait me regarder, et quand je lui parlais, il rougissait comme une pivoine. Le baron de O… en disait beaucoup de bien, que c'était un génie et qu'il jouerait un grand rôle dans sa patrie. Vraiment, cela valait la peine de recevoir les prémices d'un tel jeune homme. Si un puceau ignora jamais la théorie et la pratique des doux secrets de Cythère, c'était bien le jeune Arpard de H…, fils de la sœur de l'intendant hongrois.

Ces messieurs ne restèrent que deux jours à Francfort ; ils allaient à Londres et à Paris pour acquérir quelques opéras à la mode.

M. de R… me pressait d'accepter ; le baron de O… joignait ses prières à celles de l'intendant, et je lisais dans les yeux d'Arpard de ne point refuser. Ce regard me décida et j'acceptai. L'intendant sortit aussitôt un contrat, fait en double, de sa poche ; il me lut le tout et je donnai ma signature.

Je prenais l'engagement de jouer à Budapest aussitôt que mon contrat francfortois serait périmé. On m'autorisait cependant à donner six représentations de gala à Vienne. Je débutais justement à la morte saison.

Le provisorium régnait alors en Hongrie ; il n'y avait pas encore de Diète de l'Empire, bien qu'on parlât d'en convoquer une pour l'année suivante.

Le gouvernement autrichien commençait à céder. Il se rendait compte qu'un système d'esclavage n'était pas favorable à la Hongrie.

Ô mon Dieu, je me suis laissé entraîner à parler de politique, moi qui n'y ai jamais rien compris !

Je quittai Francfort au mois de juillet. Avant de venir ici, je m'étais fait photographier chez Augerer. Je ne ressemblais plus du tout à ce portrait. Mes traits étaient plus accentués ; mais je semblais beaucoup plus jeune que je n'étais en réalité. Des médecins et des hommes et des femmes de mes amis m'ont souvent répété que j'étais peu développée pour mon âge. Je me souviens très bien de l'aspect qu'avait ma mère quand je la surpris au lit, le jour de l'anniversaire de mon père. Quelle différence entre elle et moi ! Mes cuisses n'étaient alors pas aussi fortes et charnues que ses bras. Chez elle, on ne soupçonnait même pas l'os, tandis que, chez moi, il saillait partout : épaules, clavicules, hanches ; on pouvait même compter mes côtes. Depuis deux ans que je menais une vie de vestale, j'avais pris de l'embonpoint. Les cuisses et les deux sphères de Vénus, qui font surtout l'orgueil des femmes, s'étaient arrondies ; elles étaient dures et pourtant élastiques ; je ne pouvais assez me contempler dans la psyché. J'aurais voulu être aussi flexible qu'un homme-serpent pour pouvoir m'enrouler et baiser ces belles boules !

Les scènes de flagellation dans le livre de Sade m'avaient

rendue curieuse de connaître la volupté que l'on pouvait ressentir en se battant le derrière. Une fois, je pris une fine baguette de saule, je me déshabillai et me mis devant le miroir pour essayer. Le premier coup me fit si mal que je cessai immédiatement. Je ne connaissais pas encore l'art de cette volupté ; je ne savais pas qu'il fallait commencer par des claques aussi légères que celles administrées par les masseuses dans les bains turcs, et que c'est seulement au moment de la crise que l'on peut frapper avec toute la vigueur du bras. Il se passa plusieurs années avant que je connusse cette volupté et que je trouvasse qu'elle augmente réellement la jouissance. Si la douleur ne m'avait pas découragée, j'aurais sûrement repris le jeu solitaire, malgré mes fermes principes de chasteté.

D'ailleurs, chaque fois que je prenais un bain, ce qui arrivait trois ou quatre fois par jour en été, j'étais prête à céder aux tentations de la chair. Vous ne le croirez peut-être pas, mais c'est bien le livre de Denise qui me refroidissait.

A mon passage à Vienne, toutes mes connaissances s'étonnèrent beaucoup de ce changement qui s'était produit dans mon physique. J'avais donné rendez-vous à ma mère, elle devait assister à mon triomphe. En me voyant, elle me serra dans ses bras en disant :

« Ma chère enfant, comme tu es belle et comme tu as bonne mine ! »

Je rencontrai une fois Roudolphine chez Dommaier, à Hilzig. Elle me dévisagea durant quelques secondes, puis me dit qu'elle ne m'avait tout d'abord pas reconnue. Elle aussi avait changé, mais non à son avantage. Elle remplaçait les roses de ses joues par du fard, mais elle n'arrivait pas à cacher les cernes bleuâtres de ses yeux.

— As-tu renoncé aux plaisirs de l'amour depuis que tu as quitté Vienne ? me demanda-t-elle. C'est impossible, car qui a bu de cette ambroisie ne peut plus s'en passer. Mais il y a des natures qui s'épanouissent aux plaisirs de l'amour, au lieu de se faner, et tu leur appartiens !

Je lui affirmais vainement que je menais depuis deux ans une vie de recluse et que je ne m'en portais que mieux.

Elle ne voulait pas le croire ; elle disait que c'était absurde.

— Qui aurais-je pu trouver à Francfort ? lui disais-je. Les boursiers ? Ils sont les antidotes de l'amour, ils n'ont aucune galanterie. Il est indigne d'une femme de se donner à un homme qui ne remplisse pas un peu le cœur. Rien ne me fait autant horreur que Messaline, qui ne recherche que la volupté animale.

Roudolphine rougit sous son fard ; j'avais probablement touché juste, quoique bien involontairement.

Nous ne causâmes pas longtemps.

Je remarquai deux cavaliers qui nous examinaient à travers leur lorgnette ; l'un salua Roudolphine, tandis que je m'en allais par une autre allée.

Durant ces quinze jours que je passai à Vienne, j'appris que Roudolphine passait pour une des femmes les plus coquettes de la société. Ses amants se comptaient par douzaines. Les deux messieurs que j'avais remarqués chez Hitzig étaient du nombre, ils étaient attachés à l'ambassade brésilienne et étaient les plus grands roués de Vienne. Roudolphine me présenta même l'un d'eux, le comte de A….a. Elle n'était plus jalouse ; au contraire, elle cédait volontiers ses amants à ses amies. Elle m'avoua que ça lui faisait presque tout autant de plaisir d'assister aux jouissances sensuelles des autres. Je songeai aux scènes de « Justine » où il arrive quelque chose de semblable.

Par politesse, je rendis visite à Roudolphine. Elle était toute seule ; il était près de trois heures et demie. Elle me montra des photographies qu'elle venait de recevoir de Paris.

C'étaient des scènes érotiques, des hommes et des femmes nus. Les plus intéressantes étaient celles de Mme Dudevant, qu'Alfred de Musset faisait circuler parmi ses amis.

Il y en avait surtout six qui étaient tout particulièrement obscènes. La célèbre femme de lettres initiait des femmes et des jeunes filles aux mystères du service saphique. Dans une de ces images, elle fait l'amour avec un gigantesque gorille ; dans une autre, avec un chien de Terre-Neuve ; dans une autre encore, avec un étalon que deux filles nues tiennent en laisse. Elle-même est agenouillée, on voit sa beauté dans toute sa splendeur, non seulement sa beauté, mais toutes ses beautés, car chacune de ses beautés était bien en évidence. J'ai peine à croire qu'une femme puisse supporter une telle emprise, la douleur doit passer de beaucoup la volupté.

Roudolphine m'a raconté l'histoire de ces images.

Vous ne la connaissez peut-être pas et je la crois assez intéressante pour vous la conter :

George Sand vécut durant plusieurs années très intimement avec Alfred de Musset. Ils voyagèrent ensemble en Italie. A Rome, après une terrible scène de jalousie, ils rompirent complètement. Musset était très discret et respectait plutôt son amante que la femme. George Sand, par contre, racontait partout qu'elle avait lâché le poète à cause de sa faiblesse dans les tournois d'amour ; qu'il était tout à fait impuissant.

Alfred de Musset apprit ces calomnies. Sa vanité en fut blessée, car il perdait ainsi son avantage auprès de toutes les femmes. Il voulut se venger et il fit faire ces photographies, auxquelles il avait ajouté un texte scandaleux en vers. Ces images se répandaient par la photographie, car il n'avait pu trouver un imprimeur qui voulût s'en charger.

J'étais très heureuse de m'être réconciliée avec Roudolphine ; ses visites me gênaient pourtant, car elle avait une mauvaise réputation.

J'étais impatiente d'aller à Budapest, et je ne perdis pas un jour, après la fin de mes représentations.

J'y arrivai durant la grande foire annuelle, la semaine la plus animée de la morte saison. La foire dure une quinzaine de jours ; on l'appelle le marché de la Saint-Jean ou le marché aux melons, car le marché est alors encombré de ces fruits succulents.

Je m'étais procuré un vocabulaire hongrois-allemand et un manuel de la langue magyare.

En arrivant à Budapest, j'envoyai immédiatement ma carte à M. de R… Il fut assez aimable pour me rendre tout de suite visite. Son neveu Arpard l'accompagnait. Les yeux de l'adolescent rayonnèrent en me voyant.

Je fus très étonnée de voir ces deux messieurs entrer dans le costume de fête des Hongrois. J'appris plus tard que le costume national était à la mode.

M. de R… me conseilla de me procurer également le costume national. Le fanatisme était si vif que des hommes et des femmes qui s'opposaient à cette mode avaient été insultés par des jeune gens. Membre du théâtre national, on l'exigeait tout particulièrement de moi. Je trouvais cela abusif. On n'en disait pas un mot dans mon contrat. Mais comme ce costume m'allait à ravir, je me mis à la mode. J'étais beaucoup plus jolie que dans mes toilettes de ville. Je me fis faire plusieurs costumes que je portais de préférence.

M. R… me demanda si je voulais chanter en italien ou en allemand. Je remarquai qu'il désirait me poser encore une autre question. Je lui répondis que je ferais tout mon possible pour apprendre assez le hongrois pour pouvoir chanter dans cette langue. Comme on ne parle que très rarement dans les opéras et comme les assistants ne comprennent jamais le texte que l'on chante, je pensais que cela ne me serait pas trop difficile.

J'ajoutai que je prendrais des leçons.

Il est de coutume en Hongrie de régaler les visites à n'importe quelle heure du jour. En général, manger est une des principales occupations des Hongrois.

Les Hongrois sont de grands sybarites.

Je priai donc ces deux messieurs de prendre une petite collation. M. de R… s'excusa, il avait beaucoup à faire et se leva pour sortir.

« Si tu as envie de rester, dit-il à son neveu, je te permets d'accepter l'invitation de mademoiselle. Ensuite tu pourras lui montrer la ville et lui servir de cicérone. »

«Vous viendrez au théâtre », dit-il, en s'adressant à moi, « on y donne la tragédie et vous allez vous y ennuyer, puisque vous ne comprenez pas encore notre langue. Faites donc comme vous l'entendrez. Nous parlerons encore demain. »

J'étais très heureuse d'être seule avec Arpard. J'avais décidé de lui enseigner l'amour et de le plier tout d'abord à mes caprices.

10
Amour et sadisme

J'avais décidé de séduire Arpard, mais je n'avais pas encore pensé comment m'y prendre.

Je n'aurais pas eu de peine à le séduire, mais je devais prendre garde à bien des choses, et je ne vis le danger que lorsque M. de R… nous eut laissés seuls. Arpard était si jeune ! Je compris que quand je lui aurais permis la jouissance du plus haut bien qu'un homme peut désirer et qu'une femme peut accorder, il ne serait plus possible de le retenir. Sa passion n'aurait plus été maîtresse et je n'aurais plus pu me dominer. Ce jeune homme, je le sentais bien, ne ressemblait pas à mon accompagnateur, à Franz, auquel je pouvais dire d'aller jusqu'ici et pas plus loin, et qui était un homme fait pour la servitude et l'obéissance, aussi bien dressé que le roquet de ma tante. Un malheur pouvait vite arriver. Je risquais tout en faisant ce pas au début de mon nouvel engagement. D'ailleurs je ne connaissais pas assez Arpard, je n'étais pas sûre de sa discrétion.

Les jeunes gens se vantent facilement de leurs conquêtes. Et s'ils ne se vantent pas, ils se trahissent facilement par un regard ou par une parole inconsidérée. D'ailleurs, on pouvait nous surprendre !

Si j'avais connu les Hongrois et les Hongroises, comme je devais les connaître plus tard, je n'aurais pas tant hésité. J'arrivais de Francfort, où l'on juge très sévèrement la conduite d'une femme.

Mon cœur battait si fort quand M. de R… m'eut laissée toute seule avec son neveu que je pouvais à peine parler. Je m'étais amourachée, je le sentais maintenant. Ah ! Si seulement j'avais pu lui communiquer les sentiments qui m'agitaient ! Ce n'était pas que de la convoitise : c'était bien ce sentiment que les livres seuls m'avaient encore fait connaître ; l'amour éthéré ! J'aurais pu passer des heures à son côté, le contempler, écouter le son de sa voix, et j'aurais été ineffablement heureuse.

Mais je ne veux pas vous décrire mes sentiments, je n'en ai pas la force. Ma plume n'est pas assez habile ; je n'ai jamais eu la prétention d'avoir du style. C'est tout juste si je connais l'orthographe et la grammaire. La syntaxe et la rhétorique brillent devant mes yeux comme une fata-morgana, que je n'ai jamais pu atteindre. Quand M. de R… se fut éloigné, le majordome de « l'Hôtel de la Reine d'Angleterre », où j'étais descendue, nous apporta la collation commandée : du café, de la crème, des glaces, de la tourte aux noisettes, des fruits, surtout des melons et un punch glacé. Il ne nous apportait que des rafraîchissements. Arpard prit place à mon côté. Comme il faisait très chaud, j'enlevai le fichu de soie qui me couvrait la nuque et la gorge. Arpard avait le spectacle de mes deux collines de lait. Au commencement, il ne les regardait que du coin des yeux ; quand il vit que je lui permettais ce plaisir, il se pencha un peu vers moi et ses yeux y restaient fixés. Il soupirait, sa voix tremblait. En lui tendant un verre de café glacé, je lui frôlai la main et nos doigts s'unirent une seconde. Je sentais venir l'instant de ma défaite et je me défendais faiblement. Un petit frisson parcourait mon corps, je devins rêveuse, notre conversation tomba brusquement. Je me renversai sur le canapé, mes yeux étaient clos, mon esprit se troublait et je pensais m'évanouir. J'avais dû changer de couleur, car Arpard me demanda, inquiet, si je me trouvais mal. Je me ressaisis et le remerciai d'une poignée de main que nous prolongeâmes. Je lui abandonnai ma main gauche, il la couvrit de baisers. Son visage était rouge. Je croyais que tous les boutons de son habit allaient sauter, tant sa poitrine se gonflait.

Est-ce que ces préliminaires devaient durer encore long-temps ? Il était beaucoup trop timide pour profiter de ses avantages, il ne les remarquait même pas. Un roué n'aurait pas manqué d'en profiter ; mais un roué m'aurait-il amenée à cet état ? J'aurais tout employé pour lui cacher mes sentiments.

La situation devenait pénible. Je rappelai à Arpard que son oncle lui avait recommandé de me montrer la ville. Je sonnai et je commandai d'aller chercher un fiacre.

« L'équipage du baron O… est en bas, me répondit le servi-teur. Il le tient à votre disposition. »

Ceci était galant. Je n'avais pas encore vu le baron, j'avais oublié de lui envoyer ma carte. Je décidai de la lui remettre aussitôt. Nous y allâmes : le baron n'était pas à la maison. Nous poussâmes notre promenade jusqu'à Ofen. Puis nous re-vînmes sur nos pas, dans la petite forêt de la ville, une espèce de parc de fort mauvais goût, où il y avait un petit lac et des

barques. Je demandai à Arpard si nous étions bien éloignés de
« l'Hôtel de la Reine d'Angleterre ». Il me répondit qu'il y avait
une petite heure de chemin.

— Je vais renvoyer la voiture et nous nous promènerons
ici ; ne serez-vous pas trop fatiguée ? me demanda-t-il.

— Même si cela doit durer jusqu'à demain matin, je ne serai
point fatiguée.

Il sourit, en pensant à une autre fatigue.

Les Pesthois ne visitent ce parc que durant le jour ; dès
que le soleil disparaît, ils rentrent tous en ville. Je n'y voulais
pas retourner, car Budapest est la ville la plus poussiéreuse
qui soit. Toute la campagne environnante n'est qu'un immense
désert de sable ; chaque coup de vent y soulève des nuages de
poussière, comme en Afrique. J'étais heureuse d'être à l'abri,
de me promener dans l'herbe. Nous allions dans des îles en
passant des ponts suspendus. Je me pendais au bras d'Arpard.
Il me mena dans un restaurant encore ouvert. Je demandai
jusqu'à quelle heure il était ouvert, et l'on me répondit qu'il
fermait à neuf heures du soir pour se rouvrir à quatre heures
du matin. Arpard me pressait de rentrer bientôt, car ce petit
bois n'était pas sûr le soir, on y avait dernièrement assassiné
quelqu'un.

« Mais vous n'avez pas peur, cher Arpard ? lui dis-je. »

Nous nous appelions déjà par nos petits noms. Notre familiarité avait déjà fait d'immenses progrès. Il s'était confessé,
je l'avais obligé à faire ses aveux. Il me jurait, par les étoiles et

par la profondeur du ciel, de m'aimer jusqu'à sa mort. Il était tombé amoureux à Francfort. Son imagination était ardente et poétique, comme celle des tout jeunes gens. Il pressait et baisait mes mains. Arrivés dans une île, il tomba à mes pieds, – il disait qu'il adorait la terre qui me portait, et il me supplia de lui permettre d'embrasser mes pieds. Je m'inclinais vers lui, je lui baisais les cheveux, le front, les yeux. Il me prit par la taille et enfouit sa tête – vous ne devinez pas où ? – dans les environs de ce point que tous les hommes envient. Bien qu'il fût jalousement voilé de mousseline, caché par mes robes et ma chemise, Arpard semblait ivre. Il prit ma main droite et la pressa sur son cœur, sous son gilet. Ce cœur galopait et battait aussi fort que le mien. Mon genou droit se heurta à ses jambes, qui flageolèrent comme celles d'un homme ivre, et à cet attouchement il devint encore plus affolé et plus amoureux. Je crus que ses yeux allaient sauter hors de leurs orbites. Il était onze heures, nous étions encore dans l'île, étroitement enlacés. Mes jambes étaient sur ses genoux. Il osa enfin une première caresse. Il joua d'abord avec le cordon de mes bottines, puis il me caressa le visage, les oreilles, les cheveux, la nuque et aussi le menton, que j'avais fort joli. A cette première caresse, j'étais déjà hors de moi. Nos bouches s'étaient unies, je suçais ses lèvres et ma langue pénétrait entre ses dents jusqu'à sa langue. Je voulais l'avaler, tant je l'aspirais.

Je ne sais pas comment cela arriva, tout à coup je ne fus plus sur ses genoux. Je le serrais comme pour le briser. Sa main droite jouait avec ma nuque et me semblait moite de fièvre. Il me chatouillait à me rendre folle.

Ce n'était pas l'expérience qui le guidait, mais l'instinct. Il m'avoua plus tard avoir ignoré jusqu'à ce moment la différence du carquois et des flèches. Et cependant il agissait avec une inexpérience aussi adroite que pourrait l'être l'expérience même, et l'on doit remarquer que les gens d'expérience sont souvent malhabiles.

Je m'évanouissais, ce chatouillement était trop fort. Je baissai les yeux et j'aperçus mon superbe compagnon vêtu à la hongroise, ce qui lui seyait à ravir. Je ne lui avais pas encore rendu ses caresses et je brûlais de les lui rendre. Je le sentais tressaillir ; une décharge électrique parcourait nos nuques et nous faisait tressaillir, comme ces malheureux animaux que la foudre frappe tressaillent avant de mourir, au plus fort d'un orage, dans la campagne. Au même instant, je sentis que j'étais hors de moi. L'extase nous ravissait l'un et l'autre dans des régions éthérées où il me paraissait que nul n'avait voyagé avant nous et où cependant tout était préparé pour nous recevoir. Arpard léchait mes mains et baisait les ongles de mes doigts. Ainsi que, je vous l'ai dit, personne ne lui avait appris ces choses : la nature seule le conduisait, il suivait ses inspirations.

Un incendie intérieur nous poussait à d'autres plaisirs. Nous réfléchissions tous les deux comment nous y prendre. Ma raison avait abdiqué. Je ne craignais plus rien. Et si quelqu'un était venu me dire que le déshonneur m'attendait, que j'allais être engrossée, que j'allais accoucher et mourir ; et si d'autres étaient venus nous entourer pour se moquer de nous, j'aurais continué ce jeu d'amour, je leur aurais crié mon bonheur, je n'aurais ressenti aucune honte. J'étais l'esclave de mes désirs, j'étais entièrement soumise.

L'extase dura quelques minutes. Après nos caresses réciproques, mes feux devenaient chaque seconde plus ardents. Et lui était dans le même état.

Mes yeux allaient de son visage à ses mains puissantes, de celles-ci au paysage inanimé ; ils erraient sur la surface des eaux, à peine déchirée par quelques rares broussailles. La lune se reflétait dans l'eau, qui se ridait par endroits quand un petit poisson sautait. J'aurais voulu m'y tremper avec Arpard, prendre un bain de fraîcheur et de volupté ! J'étais une bonne nageuse. J'avais pris des leçons de natation à Francfort et j'aurais pu traverser le Mein ou le Danube à la nage.

Arpard devina ma pensée, il me souffla dans l'oreille :
— Veux-tu te baigner avec moi dans cet étang ? Il n'y a aucun danger. On dort depuis longtemps au restaurant. Il n'y a personne.
— Mais tu m'as dit que ce bois est peu sûr, que l'on vient d'y assassiner quelqu'un. Sinon, je veux bien.
— N'aie pas peur, chère ange. Cet endroit est encore le plus sûr. Plus près de la ville, dans l'allée des platanes qui mène à la rue du Roi, entre les villas, c'est là que c'est dangereux.
— Mais que dira-t-on à l'hôtel, si nous rentrons si tard ?
— L'hôtel est ouvert toute la nuit. Le portier dort dans sa

loge. Tu connais bien le numéro de ta chambre. La femme de chambre a sûrement mis la clef sur ta porte. D'ailleurs, une excuse est vite trouvée. Moi-même, je prends souvent une chambre dans cet hôtel quand je ne veux pas réveiller le concierge de mon oncle. Je prends la première clef, j'y suis comme à la maison. Ton voisin est parti aujourd'hui, la chambre à côté est vide, je m'y logerai.

— Puisque tu me tranquillises, essayons-le. Aide-moi à me déshabiller.

Il jeta aussitôt son bonnet, son brandebourg et sa chemise et m'aida à dénouer mon corset. En moins de trois minutes, nous étions tous les deux nus au clair de lune.

Arpard n'avait encore jamais vu une femme. Il tremblait de tout le corps. Il s'agenouilla devant moi et se mit à baiser chaque endroit de mon corps avec des paroles doucement murmurées et ferventes comme une prière, comme ces lentes prières des moines de l'Inde qui, réunis en collèges, prient des heures durant en une sorte de bruissement fait de paroles indistinctes, assez semblable aux rumeurs de certains insectes. Enfin je lui échappai et je sautai dans l'eau. Je me mis à nager avec vigueur. Arpard ne nageait qu'avec une main. Il m'étreignait de l'autre. Parfois, il plongeait. Sa tête bouclée entrait dans l'eau, puis reparaissait comme celle d'un charmant dieu aquatique, d'un nain mignon, gardien des trésors mythiques. Nous reprîmes bientôt pied. L'eau était moins profonde. Nos désirs nous jetèrent dans les bras l'un de l'autre et je reçus résignée les douces caresses qui, je le sentais, auraient pu facilement me détruire. Cependant, je ne pensai pas un seul instant aux suites possibles de mon abandon. Si j'avais vu un poignard entre ses mains, j'aurais offert ma poitrine à ses coups. Comme il était inexpérimenté, la crise était là avant qu'il eût commencé à me dire son amour, et il resta un moment muet dans la belle nuit, sans savoir que dire ni que faire. Mais il ne perdit pas courage. Il m'étreignit plus fort. Il haletait, ses doigts se crispaient dans ma chair. Il me disait en mots entrecoupés la douceur et la violence de cet amour qu'il voulait me donner une fois pour toutes, c'est-à-dire qu'il serait l'unique de sa vie, et, sans le croire, je me flattais qu'il en serait peut-être ainsi. Cela eût été douloureux, si ça n'avait pas été exquis.

J'étais maintenant sûre du résultat. Le frisson le plus voluptueux parcourait tous mes membres. Je le ressentais surtout dans la tête, puis aux pieds, dans les orteils. Mes yeux étaient tout grands ouverts et les larmes jaillissaient si impétueuses qu'il crut – ainsi qu'il me l'avoua plus tard – que c'était l'eau du bassin et non mes larmes. Ce frisson excita chez lui le même frisson et je sentis le tremblement me gagner, qui ne voulait pas finir. Nous tremblions tous deux, non pas de froid, mais à cause de ce frisson singulier et profond qui nous parcourait de la nuque au bout des orteils. Enfin son courant électrique me traversa de part en part. Nous étions serrés l'un contre l'autre, incapables de dire un mot, sans pensée, abîmés dans un lourd rêve d'amour. J'aurais voulu rester ainsi toute une éternité, jusqu'à la mort. Mourir ainsi serait l'extrême béatitude.

Le vent nous apportait le carillon de l'église de

Sainte-Thérèse. Il sonnait minuit. Je dis à Arpard qu'il était l'heure de rentrer en ville, que nous pourrions reprendre nos jeux à l'hôtel. Il m'obéit immédiatement. Il me pria de bien vouloir lui permettre de me porter dans ses bras, comme un enfant, jusqu'au bord. Il me prit dans ses bras, je lui nouai les miens autour du cou et il me porta jusqu'au banc où étaient mes habits. J'enfilai tout de suite mes bas, il noua mes bottines en embrassant continuellement mes genoux et mes mollets. Enfin nous fûmes prêts et allâmes au rond-point. Devant le tir, à la sortie du petit bois, était un fiacre. Le cocher était sur son siège. Arpard lui demanda de nous mener immédiatement en ville, contre un bon pourboire. Il lui indiqua la place de Saint-Joseph. Il voulait cacher au cocher qui j'étais et où je de-meurais. Moi aussi j'étais devenue prudente et j'avais descendu ma voilette. Le cocher accepta pour un florin d'argent. Nous montâmes dans le fiacre, qui partit au galop. Le cocher devait être de retour peu après minuit : il avait amené des jeunes gens au tir et il n'était pas libre.

Nous descendîmes à la place de Saint-Joseph. Ce n'était plus bien loin jusqu'à l'hôtel. J'entrai la première ; il alla chercher les clefs et je l'attendis devant ma porte. Il m'apporta la clé au bout de quelques minutes. Le portier dormait. Personne ne nous avait vus rentrer.

J'étais lasse. J'avais les jambes rompues d'avoir supporté tant de délicieuses fatigues. Je tenais à aller dormir. Je me couchai immédiatement. Arpard aussi semblait las : il avait supporté les mêmes fatigues. Je lui conseillai de se refaire des forces et d'aller se coucher. Il aurait bien voulu rester, mais il fut assez délicat pour me quitter, après m'avoir encore une fois embrassée avec passion.

Je ne veux pas vous raconter toutes nos luttes d'amour à cette conquête du royaume de Cythère ; je devrais me plagier moi-même et me répéter sans cesse. Cela vous ennuierait. Arpard m'avoua qu'il avait acheté à Francfort, chez un bouquiniste, les *Mémoires de M. de M. ...*, et que c'est là qu'il avait appris les théories des plaisirs de l'amour. Il me dit encore que, plusieurs fois, il avait été sur le point d'apporter ses prémices à une hétaïre, que seule la crainte de l'infection l'avait retenu ; aussi c'était un grand bonheur que je fusse venue en Hongrie.

Le premier soir, j'avais négligé toutes les mesures de précaution que j'employais ordinairement. Dans la suite, j'eus de nouveau recours à ces mesures de prudence. Je voulais être à l'abri de toute surprise. Parfois, je les négligeais quand même ; mais nos relations n'eurent néanmoins aucune suite funeste. Comme vous êtes médecin, vous saurez expliquer ce phénomène.

Mon bonheur ne fut pas de longue durée. Au mois d'octobre, Arpard reçut un emploi loin de Budapest et dut partir. Ses parents habitaient dans cette contrée, et son père était un homme si sévère qu'Arpard n'osa pas s'opposer à sa volonté.

Au mois de septembre, j'avais loué un appartement dans la rue de Hatvaner, dans la maison des Horvat. Je ne faisais pas ma cuisine, je me faisais apporter mes repas du casino. C'était beaucoup plus avantageux pour moi. Je n'avais pas besoin d'inviter mes collègues à dîner, comme j'aurais dû le faire si j'avais eu un ménage, car les Hongrois sont très hospitaliers. Les acteurs, les chanteurs, les comédiennes et les cantatrices s'invitaient réciproquement et vivaient aux crochets des uns et des autres.

Je pris une maîtresse de hongrois, une actrice, que le baron de O… me recommanda. Il ne me conseilla pas de prendre celle que M. de R… m'avait recommandée, car elle avait une mauvaise réputation en ville.

Mme de B…, ma maîtresse de hongrois, avait été très belle dans sa jeunesse. Elle avait eu une vie assez agitée. Son mari était un ivrogne et elle était divorcée. Elle parlait très bien l'allemand et n'avait appris le hongrois que pour entrer au théâtre. Son père avait été fonctionnaire et elle avait reçu une très bonne éducation. Elle me fit le compliment qu'elle n'avait encore jamais rencontré une personne qui apprît avec autant de facilité le hongrois que moi.

Nous fûmes bientôt amies, comme si nous avions été du même âge. Elle ne cachait pas ses aventures et m'en parlait souvent. Le nombre de ses amants était assez restreint ; pourtant elle connaissait toutes les nuances de la jouissance sexuelle aussi bien que Messaline. Je ne pouvais pas cacher mon étonnement.

« C'est que, me disait-elle, j'ai eu des amies qui ne se gênaient pas pour se livrer devant moi au libertinage le plus effréné ; aussi j'appris tout cela en y assistant sans jamais y prendre part. Mme L…, que M. de R… vous recommandait comme maîtresse de hongrois, a été la plus dissolue de toutes dans sa jeunesse. Elle le serait encore si elle n'était si vieille ; pourtant elle a encore deux ou trois hommes qui lui rendent le service d'amour. J'ai entendu parler de Messaline, d'Agrippine, de Cléopâtre et d'autres femmes dissolues. Je ne pourrais pas croire à ces histoires si je n'avais connu la L… Vous devriez faire sa connaissance ; elle est très intéressante, un phéno-mène en son genre. Elle connaît toutes les entremetteuses de Budapest et a des relations avec toutes les prostituées. Grâce à elle vous pourriez apprendre des choses que la plupart des femmes ignorent habituellement. »

Je dois vous faire remarquer que j'avais parlé à Mme de R… du livre du marquis de Sade et que je lui avais montré les images. Elle n'avait jamais vu ces images, mais elle me dit que Mme de L… devait les connaître. Elle avait vu Mme de L… les exécuter en pratique.

« Que risquez-vous à voir ces choses ? poursuivit-elle. Personne ne le saura. Je dois vous dire qu'Anna (c'est le nom de Mme de L…) est la discrétion en personne. On jouit légè-rement en assistant à ces spectacles. Ils vous permettent de connaître les hommes dans leur déshabillé moral. Combien des plus grandes dames de Budapest se livrent à des excès pires que des prostituées, et personne ne les soupçonne. Anna les connaît toutes ; elles les a toutes vues quand elles se croyaient à l'abri de la curiosité, et non pas avec un homme, mais avec une demi-douzaine. »

Mme de R… aiguillonnait ma curiosité. Les scènes de *Justine* et de *Juliette* me faisaient horreur. Je n'aurais jamais voulu assister à certaines des scènes monstrueuses décrites dans ces volumes. Mais il y avait pourtant certaines choses que j'aurais pu supporter.

Vous connaissez sans doute le livre du marquis et vous savez ce que ces images représentent. Si vous ne vous en souvenez pas, permettez-moi de vous les décrire. La première représente une arène. En haut, on aperçoit à une fenêtre un homme âgé, avec une barbe, le propriétaire de la ménagerie, puis un jeune homme et une fille à peine nubile et un garçonnet.

Une fille nue est justement jetée par la fenêtre. Une panthère, une hyène et un loup sautent contre le mur pour la déchirer. Un lion est en train de dévorer une autre fille, ses intestins lui sortent du corps. Un énorme ours flaire une troisième fille. Même vous, un médecin, qui êtes habitué à assister aux plus terribles opérations, vous devez être épouvanté de cette image. Pensez donc, moi !

La deuxième image représente le marquis de Sade. Il s'est affublé d'une peau de panthère et attaque trois femmes nues. Il en étreint déjà une et lui mord la poitrine. Le sang coule. Sa main droite lui déchire l'autre sein. Par terre est un enfant nu, déchiré, mordu, mort.

Je ne sais pas quelle est la plus terrible de ces deux images. Je ne voulais pas assister à de tels spectacles. Mais il y en a d'autres, des orgies, des flagellations, des scènes de tortures et des débauches entre des personnes du même sexe, auxquelles l'on peut assister.

Vous direz peut-être que les plus innocentes peuvent mener aux plus cruelles. Je ne veux pas prétendre que certaines natures ne connaissent pas de bornes ; mais je puis affirmer que cela ne sera jamais mon cas. On pourrait tout aussi facilement affirmer que toutes les personnes qui assistent à des exécutions ou à des punitions corporelles – on sait qu'il y a toujours beaucoup plus de femmes que d'hommes – sont capables d'assassiner leurs semblables, s'ils osaient le faire impunément, pour satisfaire leurs morbides désirs. Mais ceci est faux, j'en suis sûre. Une de mes amies, une Hongroise, dont le père était officier et habitait avec toute sa famille à la caserne de Alser, à Vienne, assistait presque tous les jours à des exécutions corporelles. Elle voyait par la fenêtre comment les soldats étaient battus de verges et de martinet dans la cour. Jamais elle n'eut envie d'en faire autant personnellement ; elle n'était pas même capable de couper le cou à un poulet. Il y a un abîme entre la participation active et l'assistance passive.

Mme de L… fréquente dans les meilleures familles de Budapest. Les dames de la haute société sont intimes avec elle. Elle leur donne probablement des leçons dans l'art, qu'elle entend si bien, d'attirer les hommes. Ce n'était pas du tout compromettant de faire sa connaissance. En Allemagne, ça l'eût été. Je voulais bien la recevoir et Mme de B… me l'amena. Seul le baron de O… avait l'air mécontent et disait que ce n'était pas une société pour moi. Je ne sais pas pourquoi il la détestait tant. Elle me plut beaucoup. Elle n'était pas du tout provocante, ainsi que je le croyais. Quand nous nous connûmes mieux et que je l'eus priée de tout me raconter, elle laissa toute contrainte. Alors je vis que cette femme était tout autre qu'elle ne semblait en société. Elle avait une étrange philosophie, qui ne s'occupait que d'amener aux sens une nourriture toujours nouvelle. Elle me parut un Sade femelle. Elle eût été capable de faire tout ce qui était dans le livre. J'en eus bientôt des preuves, ainsi que je vais vous le raconter.

Nous parlions de quelles façons on peut pimenter la jouissance sexuelle de la femme. La sensibilité des parties sexuelles s'émousse à la longue et il faut avoir recours à des moyens artificiels pour la ranimer.

« Je ne conseillerais jamais à un homme de faire tout ce que j'ai fait, me disait-elle. Il n'y a rien de plus dangereux que la surexcitation pour un homme ; cela l'énerve et le rend impuissant. L'imagination lui remplace mal et rarement ce qu'il a prodigué. Chez la femme, par contre, l'imagination augmente l'excitation et le plaisir. N'avez-vous jamais essayé de vous faire légèrement battre avec des verges durant le plaisir ? »

Je dois vous dire qu'avec Mme de L... il était inutile de mentir. Elle reconnut, dès sa première visite, jusqu'à quel degré j'avais été initiée aux mystères de l'amour. Mais je n'avais rien à craindre, car elle partageait mes opinions concernant le secret de ces choses et la dissimulation des femmes. Je lui dis que

j'avais essayé une fois, mais que la douleur avait été si forte que
j'y avais renoncé. Elle éclata de rire.

« Il y a très peu de femmes qui connaissent la volupté de
la douleur, et surtout les verges ou le fouet, dit-elle. Parmi les
nombreuses prisonnières qui sont condamnées à recevoir le
martinet, il n'y en a pas une qui n'en aurait pas peur. Jusqu'à
présent, je n'ai rencontré que deux filles qui ressentissent
cette volupté. L'une était une prostituée de Raab, elle avait
commis plusieurs vols rien que pour être fouettée. Sa volupté
s'augmentait encore d'être punie publiquement. Elle était très
fière d'être appelée putain. Quand elle recevait des coups, elle
criait et se lamentait ; mais, de retour dans sa cellule, elle se
déshabillait, regardait dans le miroir ses chairs horriblement
meurtries, tandis qu'elle paraissait pleine de volupté. Durant
l'exécution, au milieu de la vive douleur, elle avait les déverse-
ments les plus voluptueux. L'autre, je viens de la découvrir, ici,
en ville. Elle se trouve à la Conciergerie et reçoit trente coups
de martinet par trimestre. Celle-ci ne crie jamais ; son visage
exprime plus de volupté que de douleur. Auriez-vous envie
d'assister à l'exécution de cette fille ? »

J'hésitais. J'avais peur que M. de F…, gouverneur de la ville,
ne l'apprît. Je le connaissais bien, il était un de mes adorateurs. Anna – je l'appelle ainsi puisque Mme de B… la nommait ainsi — m'assura que M. de F… n'en saurait rien ; que
Mme de B… et d'autres dames y assisteraient, quelques-unes
de la plus haute aristocratie, comme les comtesses C…, K…,
O… et V… ; que je pouvais très bien passer inaperçue et que

si j'étais bien voilée, personne ne me reconnaîtrait. Enfin, je consentis ; le jour était proche où la prisonnière recevait sa punition, ainsi je n'eus pas longtemps à attendre.

Au jour de l'exécution, il y avait encore un autre spectacle, qui empêcha toutes les aristocrates de venir. C'était le jour de réception de la grande-duchesse qui venait d'arriver de Vienne. Nous entrâmes en cachette, Anna, Mme de B… et moi, dans une chambre préparée pour nous. Nous nous mîmes à la fenêtre. Bientôt apparurent trois hommes, le chef de la milice, un geôlier et le bourreau de la ville. La délinquante était une fille de seize à dix-huit ans, aussi belle qu'une jeune déesse, délicatement bâtie et avait un visage plein d'innocence. Elle n'avait pas peur, mais elle détourna les yeux quand elle nous vit. Anna me dit que j'allais bientôt me convaincre qu'elle n'avait pas honte. Le geôlier la ligota sur un banc et le bourreau la fouetta à coups de verge. Elle n'avait qu'un jupon très mince et sa chemise sur le corps. Ces voiles étaient tendus, des formes arrondies se dessinaient. La chair tremblait à chaque coup. Elle se mordait les lèvres, mais son visage était quand même rempli de volupté. Au vingtième coup, sa bouche s'ouvrit ; elle soupirait voluptueusement et semblait jouir de la plus haute extase.

« Cela aurait dû venir beaucoup plus tôt ou beaucoup plus tard, me souffla Anna ; je ne crois pas qu'elle atteindra une deuxième fois l'extase. Nous devrons la lui procurer quand elle entrera ici, après l'exécution. J'ai donné cinq florins au geôlier pour qu'il lui permette d'entrer. Je l'ai fait pour vous. »

Je compris ce qu'elle entendait et je lui donnai dix florins pour couvrir les autres dépenses. Je voulais aussi donner quelque chose à la fille. L'exécution dura plus d'une demi-heure.

Chaque coup durait une minute. M. F... s'éloigna, le bourreau porta le banc dans un réduit et la fille entra dans notre chambre. Nous passâmes toutes dans une autre chambre, dont les vitres étaient dépolies. On ne pouvait pas nous observer. Anna lui dit de se déshabiller. Elle ne le fit qu'avec peine. Ses chairs étaient enflées, on pouvait compter les traces des lanières. La peau était crevée, il en sortait du sang en longs filets. C'était très beau.

— Tu n'as goûté qu'une seule fois la volupté ? lui demanda Anna.

— Une seule fois, répondit la pauvrette à voix basse. Ses jambes tremblaient, il me semblait qu'elle avait envie d'une autre jouissance. Anna lui dit de mettre ses jambes sur une chaise. Puis elle s'agenouilla devant elle et se mit à jouer avec les boucles de ses cheveux, qui lui retombaient sur les yeux. Anna les écartait soigneusement, découvrant un beau front uni et blanc comme le marbre. La fille haletait et soupirait de temps en temps. Elle avait empoigné des deux mains les cheveux d'Anna et elle les arrachait, dans sa fureur amoureuse.

— Te crois-tu jolie ? lui demandait Anna.

— Oh ! Oui, beaucoup, et vous aussi, mais plutôt belle, votre caresse est douce. C'est si bon... Ah !... ah !... ne terminez pas, caressez mon front, lentement. Maintenant, rafraîchissez aussi de vos mains froides ma nuque et mes joues.

J'avais envie de remplacer Anna auprès de la fille. Anna remarqua le changement de ma physionomie. Elle cessa son jeu et me demanda :

« Voulez-vous essayer ? Et toi, Nina (elle s'adressait à Mme de B…), ne reste pas ainsi comme une bûche. Amuse-toi avec mademoiselle. »

Mme de B… éclata de rire. Elle se mit à l'aise et je fis de même. Anna ne suivit point notre exemple, et pour cause : un corps aussi abîmé que le sien nous aurait enlevé toute envie de plaisanter.

Nina (Mme de B…) était encore très belle, elle avait un plus beau corps que ma mère. Elle n'avait jamais eu d'enfants ; son ventre n'avait pas de rides et n'était pas détendu comme on l'aurait attendu à son âge. Elle avait au moins cinquante ans, à en juger sur son visage. Pourtant elle avait moins de chance auprès des hommes qu'Anna, qui était beaucoup moins belle. Elle n'était pas lubrique ; on aurait dit une statue de marbre, inanimée Maintenant aussi, elle restait complètement froide.

Je pris la place d'Anna aux genoux de la fille.

Comme Anna avait interrompu le jeu, la bonne volonté qu'il faut de part et d'autre dans tout amusement humain avait fini par disparaître. Je dus tout recommencer. Cela dura long-temps. Nina s'était agenouillée auprès de moi, elle m'enlaçait de sa main gauche, tandis que la droite jouait à repousser les mèches rebelles qui faisaient paraître petit mon front, que j'ai naturellement haut et large. Ma tête me brûlait comme si elle avait été pleine d'explosifs. L'odeur qui emplissait la pièce était extrêmement voluptueuse ; ce parfum m'était plus agréable que celui des fleurs les plus rares. Il m'enivrait.

Anna s'était agenouillée de son côté et s'amusait maintenant à tresser des nattes avec les beaux cheveux de la fille. Elle avait assez de cheveux pour qu'on pût ainsi tresser quatre nattes grosses comme un bras de femme et qui tombaient jusqu'au mollet. Ce chatouillement excitait la petite, elle s'agitait de plus en plus et la crise approchait. Anna lui tirait parfois les cheveux, et comme elle avait les chairs déjà meurtries, cela augmentait ses sensations douloureuses.

« Oh ! Mon Dieu ! criait la fille voluptueuse, c'est trop fort ! Je ne puis plus rien supporter, je vais me trouver mal… »

Anna éclata de rire et je fis comme elle, qui riait à se tordre. La fille aussi riait, mais avec un peu de honte, et Anna maintenant lui tirait les cheveux assez rudement, mais la fille n'en paraissait pas mécontente et j'aurais tout donné au monde pour savoir si son contentement était feint ou non. Mais il me fut impossible de lire ce qui se passait exactement dans le cerveau de cette fille et il est bien possible, après tout, qu'elle-même n'aurait rien su y démêler.

C'est ainsi que se termina ce jeu charmant et inoubliable. Nous nous habillâmes. Je donnai vingt florins à la fille, je l'embrassai tendrement et je lui dis qu'elle n'avait plus besoin de voler, que je la prenais à mon service.

11

Rose

Vous m'avez demandé vous-même de ne rien vous cacher de mes expériences et de mes sentiments, aussi je n'ai pas hésité une minute à vous raconter l'anormalité de mes désirs pervers. Je suis convaincue que vous saurez me comprendre, car vous êtes un psychologue aussi profond qu'un fin physiologue. Il est probable qu'aucune femme ne vous fit jamais semblables aveux ; mais vous avez certainement étudié de tels cas, et peut-être êtes-vous arrivé à les résoudre. Je suis profane, j'ignore tout de ces deux sciences ; j'ai obéi au moment, sans penser si ce que je faisais pouvait révolter nos meilleurs sentiments et nous inspirer de l'horreur. De sang-froid, à l'abri de mes sens, j'aurais tremblé à l'idée d'accomplir de telles saletés. Maintenant, après les avoir faites, je suis d'un autre avis, car je ne vois pas ce qui les rend obscènes.

Peut-être que vous me reprendriez ici si je vous communiquais tout ceci oralement, et peut-être que vous ne me reprendriez pas. Vous connaissez, bien mieux que moi, la conformation organique de l'homme et vous connaissez la clé de ce phénomène dans le cerveau. Je raisonne d'après mon expérience personnelle, sans pouvoir garantir la justesse de ce que je dis.

Avant tout, je dois répondre à cette question : qu'est-ce qu'on entend au juste par une saleté ?

Nous nous nourrissons tous les jours de matières qui, analysées, se trouvent être en état de pourriture ; nous avons beau nous convaincre que nous purifions nos aliments par l'eau et par le feu, nous mangeons, au fond, des saletés. Certains aliments doivent être absolument pourris pour nous plaire. Est-ce que le vin, la bière ne doivent pas fermenter avant que nous les goûtions ? Et la fermentation est un certain degré de pourriture ! Et c'est ce qu'il y a de plus bled aux grives et aux bécassines qui est de haut goût et très recherché. Et si on pense de quoi se nourrissent les porcs et les canards ! Le fromage fourmille de vers. Souvenons-nous de quelle façon on ensale les harengs. J'ai assisté une fois à Venise à cette opération. Je ne puis pas la raconter. Si on savait quel complément reçoit le sel de mer, plus personne n'en mangerait ! En un mot, la saleté est quelque chose de très relatif, et qui songera, en jouissant de quelque chose, aux matières premières ? C'est comme si quelqu'un, s'étant amouraché d'une jeune fille, perdait ses sentiments poétiques en pensant aux besoins naturels de sa bien-aimée. Moi je crois justement le contraire. Quand un homme aime quelqu'un ou quelque chose, il ne voit plus rien d'obscène, de sale ou de dégoûtant dans l'objet de son plaisir.

Ces quelques réflexions peuvent servir d'excuse à ce que j'ai fait, poussée par les désirs aveugles de mes sens. Je vous en ai parlé à la fin de ma dernière lettre. Cela doit vous suffire.

Ce que mon cœur éprouva plus tard est bien différent et beaucoup plus étrange. Vous aurez, comme psychologue, un sujet d'analyses, car, si ce n'est pas absolument extraordinaire, c'est quand même une anormalité.

J'ai lu, ces derniers temps, plusieurs livres sur l'amour grec, le soi-disant amour platonique ; particulièrement les œuvres de Ulrich, professeur, actuellement à Durzbourg. Il ne parle cependant que de l'amour entre hommes, et ne dit pas un mot de l'amour entre femmes. Que direz-vous quand je vous avouerai que jamais je n'ai aimé un homme aussi violemment que j'ai aimé ma chère Rose, la fille dont je vous ai parlé à la fin de ma dernière lettre ? L'amour physique m'attirait, il est vrai ; mais il y avait encore autre chose au cœur, une nostalgie que je n'ai jamais éprouvée pour aucun homme. C'était un amour si pur que toutes les autres femmes me dégoûtaient, et les hommes encore plus. Je ne pensais qu'à Rose, je rêvais d'elle. J'embrassais mes oreillers, je les caressais en pensant que c'était elle que je tenais. Et je pleurais, j'étais désolée de ne pouvoir la voir.

Je ne savais à qui me confier, à Nina ou à Anna ? Ou devais-je prier M. de F... de la libérer de sa peine ? Il m'aurait demandé comment je la connaissais, et je n'aurais su que lui répondre. Enfin, je décidai d'en parler à Anna. Elle m'épargna la peine d'entamer cette conversation et, se mettant tout de suite à parler du plaisir partagé :

« C'est tout ce qui peut encore m'exciter, me dit-elle, et, aujourd'hui, je n'ai pas eu le meilleur. Je vous ai cédé la suprême jouissance. N'êtes-vous pas amoureuse de cette petite Rose ? Ne niez pas, j'ai vu avec quelle volupté vous caressiez ses cheveux et son front, je vous ai vue ; ne niez pas, je connais bien ces choses-là, n'est-ce pas ? Oh ! Quel délicat parfum et quel excellent goût ! »

J'étais encore pleine de préjugés et je rougis.

— Hahahaha ! Vous rougissez ? C'est signe que vous êtes amoureuse de la petite. Même si je n'avais pas vu votre visage, je l'aurais deviné, quand vous lui avez donné l'argent et quand vous lui avez dit que vous vouliez la prendre chez vous. Trois mois sont vite passés, et je pense bien que la petite préférera venir chez vous que de retourner en prison. Son envie de se faire fouetter, vous pouvez tout aussi bien l'assouvir. Peut-être qu'elle préférera les verges au fouet, tous les goûts sont dans la nature, tous, vous pouvez m'en croire, et celui-là n'est déjà pas si sot

— Ne serait-ce pas possible de l'avoir plus tôt ? demandai-je

— C'est difficile. Elle doit terminer sa peine. Cela ne dépend pas de M. de F… de la libérer ou non, bien qu'il soit très influent. Pourtant, je veux essayer de lui en parler.

— Ne lui dites pas mon nom. Il pourrait soupçonner quelque chose.

— Soyez sans crainte, mon offre ne l'étonnera pas du tout. Il y a assez de dames en ville qui font comme les hommes et qui ont des amants des deux sexes. Je lui dirai que c'est pour moi. Non, il ne voudrait pas. Je dirai que c'est une étrangère qui cherche une fille se laissant volontairement tourmenter et que je n'en connais pas d'autre que Rose. Pourtant vous ne devrez pas l'avoir chez vous les premiers jours. Ensuite je dirai que la dame a quitté Budapest et que, par humanité, je vous ai recommandé Rose comme femme de chambre.

— Mais le croira-t-il ?

— Et pourquoi pas ? J'ai une bonne langue. Avant tout, il faut beaucoup d'argent pour le corrompre.

— Combien ? demandai-je effrayée, car Nina m'avait mise en garde contre son avidité. Combien pensez-vous ?

— Hou, peut-être cent florins, peut-être plus, je ne sais pas.

— Je ne voudrais pas y consacrer plus de cent florins, déclarai-je.

Si elle m'avait demandé le double ou le triple, je les lui aurais donnés.

— Bon. Donnez-moi tout de suite cent florins. S'il consent à ce prix, la fille sera demain chez vous ; sinon, je vous rends votre argent. Je vais tout de suite chez lui, avant qu'il aille au casino. Mais je n'ai pas d'argent pour prendre un fiacre. Donnez-moi encore un florin. Je ne demande rien pour ma peine. Votre amitié me suffit.

Nina avait raison. Cette femme m'aurait dépouillée, si je n'avais été prudente. Je savais bien qu'elle s'en irait à pied.

En moins d'une heure, elle était de retour. F… faisait des difficultés ; elle avait ajouté cinquante florins et il avait cédé. Il ne le faisait que par amitié. Il n'avait pas demandé pourquoi c'était ; il croyait que c'était un cavalier qui désirait garder l'incognito. Je fus donc forcée de lui trouver encore cinquante florins. Mais elle se mit à se plaindre du mauvais temps et des mauvais payeurs. Elle me montra un paquet de récépissés du mont-de-piété ; elle me dit qu'elle perdait tout si elle ne payait les intérêts le lendemain. Je lui donnai cinquante florins de plus. Elle m'assura qu'elle considérait cette somme comme un emprunt ; mais je lui répondis qu'elle n'avait pas besoin de me la rendre. Je voulais m'assurer sa discrétion et ses services ultérieurs.

Le lendemain, je racontai tout à Nina. Elle me dit que F… recevait à peine trente florins et que c'était Anna qui empochait le reste. Nous décidâmes de fêter ce jour par un bon souper.

« Il est possible que vous sauviez une fille perdue, me dit Nana, et Dieu vous récompensera de cette action. Mais cela va vous coûter de l'argent, car cette fille aura besoin d'habits. Vous devriez aussi lui préparer un bain. Ces malheureuses reçoivent si facilement de la vermine en prison. J'ai eu chez moi une fille de la grandeur et de la taille de Rose. Elle m'a quittée en laissant ses habits. Elle pouvait le faire, puisqu'elle a volé les miens. Ils seront assez bons. Taxez-les vous-même et donnez-moi ce que vous pensez être leur valeur. »

Mme de B… était tout le contraire d'Anna. J'estimai ces habits à quarante-cinq florins. Elle n'en voulut que trente-six, et j'eus de la peine à lui faire accepter une broche en souvenir. Elle était très désintéressée.

Il était près de huit heures quand Rose arriva chez moi. Je la menai immédiatement à Ofen et nous prîmes un bain turc. Nous étions en octobre, ces bains deviennent toujours plus chauds tant que la température baisse à l'extérieur. La pauvre enfant se ressentait de l'exécution de la veille. C'est à peine si j'osais toucher les chairs endolories. Je la soulageai un peu en la pansant avec des compresses chaudes et lénitives. La chaleur du bain l'anima entièrement. Elle n'était plus aussi honteuse et timide que la veille. Elle se jetait à mon cou et plaisantait d'une façon gentille et juvénile. Elle disait des paroles charmantes avec une voix ravissante et avait toujours des réponses pleines d'à-propos. Elle me jura de ne jamais aimer un homme, si je voulais l'aimer comme je le lui avais témoigné la veille. Elle était folle de joie. Elle me dit que ça serait sa plus forte volupté d'être étranglée ou poignardée par moi. La fille était encore vierge, ce que je n'avais osé espérer. Je n'arrivais pas à la faire tenir en place tant elle était pétulante. Cette vivacité me plaisait surtout, je suis vive moi-même, mais loin d'atteindre à ce mouvement perpétuel. On eût dit du vif-argent.

« Je vous aime ! me disait Rose. Je n'y tiens pas. Je préfère vous aimer, vous, qu'un homme. »

Roudolphine m'avait fait un cadeau à Vienne, et je n'en avais pas encore essayé. Il était de construction nouvelle et disposé pour servir à deux êtres. C'était le moment ou jamais d'utiliser ce cadeau de mon ancienne amie, qui sans doute ne se souvenait plus du don qu'elle m'avait fait et qui, si par hasard elle s'en souvenait, ne voudrait jamais croire que j'avais oublié de m'en servir ou plutôt que je n'en avais jamais eu l'occasion.

Après avoir pris le bain et ne nous être permis que des

badineries sans importance, nous retournâmes à la maison. Anna et Nina nous attendaient déjà. La première avait commandé un succulent souper au Champagne. Elle avait apporté ce qu'il lui fallait et me dit que peut-être j'allais aussi connaître l'agrément de la douleur.

La chambre était bien chauffée, nous ne risquions rien à nous mettre à l'aise. Anna le fit aussi. Mais je ne remarquai point ses charmes flétris, car elle se mit tout de suite sous la table en disant qu'elle allait faire le chien. Cela nous fit rire, et j'en ris encore quand j'y pense. Elle faisait « houao, houao » comme un roquet, et de temps en temps frappant vite sur le sol avec sa main, elle faisait semblant de courir vite comme un mâtin qui veut s'élancer sur un passant mal vêtu.

Ma pose n'était pas très confortable, j'étais éloignée de la table et atteignais à peine les plats ; pourtant le rire nerveux provoqué par Anna jouant à faire le chien me procurait le plus vif plaisir. Elle jouait aussi avec les deux mains, les frappant l'une contre l'autre pour imiter les claquements de fouet du veneur qui veut exciter son chien sur la piste de la bête noire ; tout cela était imité à ravir, et j'avoue que je m'amusais extrêmement. Nina me passait les plats et remplissait mon verre. Nous mangions et buvions tant que la si froide Nina elle-même était pompette. Je jetais quelques bouchées à Anna. Elle ne mangeait les biscuits et autres sucreries qu'après les avoir reniflés comme un chien. Elle faisait même semblant de ronger un os. Elle disait qu'à être mangés comme par un chien les mets gagnaient un goût spécial.

Après le souper, je me préparai, toute joyeuse, à emmener
Rose dans ma chambre pour partager mon lit. La jeune fille
voulait justement aller au lit et s'étirait comme quelqu'un qui
s'endormira aussitôt couché.

« Non, non, ce n'est pas ainsi que je l'entends, lui criai-je,
méchante enfant ! Attends, attends donc, tu sembles bien
t'ennuyer avec nous. »

Nina s'amusait à faire des bouquets avec des fleurs de cire
qu'elle imaginait elle-même. Elle avait pour cette imagination
un goût exquis. Elle coloriait ensuite ses bouquets avec des
couleurs vives qui paraissaient avoir été prises dans la nature,
tant leur éclat était naturel. Je me souviens d'avoir vu une gerbe
de roses du Bengale, non véritables, mais issues de ce procédé,
qui étaient la plus belle chose qu'on pût voir, et aussi la chose
la plus fragile, car les pétales de cire se brisent facilement, et il
faut bien des précautions pour les conserver.

Cette occupation était aussi agréable que l'action de faire
le chien. Pour moi, je tremblais d'impatience. Anna m'aidait.
Nina cessa aussi cette imitation dans laquelle elle excellait.
Rose s'étendit sur le lit. Je la regardai longuement : Je prenais
ainsi un nouveau rôle. Je l'embrassais, je caressais ses épaules
aveuglément et avais pris une de ses mains dans les miennes
pour lui donner confiance en son époux d'un instant.

Nina se mit enfin en place devant sa table pour reprendre
son agréable occupation de fleuriste. Rose poussa un faible
cri de fatigue. Anna lui caressait la tête. Elle la berçait comme

on fait aux petits enfants. Elle chantait une berceuse lente et d'une mélodie très belle. Tout à coup, j'entendis un sifflement : c'était Nina qui se mettait à siffler comme un homme. D'ailleurs elle sifflait très bien et avec beaucoup de force, imitant toutes sortes d'oiseaux, le merle, le rossignol, la mésange. Nous étions ravies.

« C'est dommage que vous ne sachiez pas siffler comme moi, dit Nina, cela ferait un beau concert, comme on en entend parfois dans les bosquets durant la belle saison. Enfin, je vais siffler seule. On ne peut pas rester tranquille avec vous. »

Je dis à Nina que nous pourrions imiter le chant des oiseaux avec la voix de tête, cela serait aussi agréable.

C'est alors qu'eut lieu la scène principale : nous formions un groupe, comme les Romains en ont représenté sur les camées et dans les bas-reliefs. Nina s'étendit près de moi. Elle sifflait d'une façon merveilleuse. Je caressais en chantant les cheveux de Rose. Je chantais toutes sortes d'airs célèbres en continuant mes caresses. Nous recommençâmes en chœur. Cette fois, la partie dura plus longtemps. Nina donnait plus de force à ses sifflets. Anna imitait le corbeau et les oiseaux de nuit. Nous commencions à nous fatiguer. Je regardais Rose. Elle était sur le point de s'endormir. Je l'implorais pour qu'elle ne dormît point. Je lui criais : « Ne dors pas jusqu'à l'aube ! » et elle ouvrit les yeux. Enfin, nous gravîmes le suprême degré. Je perdis connaissance. De la joie partout, mes membres me picotaient. Nina et moi nous n'avions vraiment pas la moindre velléité de sommeil.

Je ne sais pas combien dura cette extase, que j'appellerai un évanouissement. Quand je revins à moi, Anna et Nina étaient sorties. Les assiettes étaient sur une chaise, près du lit. Les femmes avaient descendu la lampe, une faible lumière régnait dans la chambre. Rose dormait profondément ; sa jambe gauche hors du lit, le pied ou plutôt ses doigts de pied touchaient le sol. Parfois, elle soupirait voluptueusement. Elle m'étreignait de son bras gauche ; le droit pendait hors du lit. Les couvertures étaient remontées ; je ne voulais pas la réveiller, et je remis ma tête sur les oreillers. Je m'endormis pour ne me réveiller qu'après dix heures du matin.

Je ne vais pas vous raconter toutes les scènes où j'étais tantôt active, tantôt passive. Je ne pourrais que me répéter. Vous en avez assez appris sur ce sujet ; cela ne ferait que vous exciter, ainsi que je m'excite quand je lis ces pages. Car, soit dit entre parenthèses, je me suis fait une copie de ces feuilles, elles me servent d'excitant quand mes sens sont détendus.

Quelques jours plus tard, Anna revint chez moi. Nina était venue tous les jours pour continuer nos leçons de hongrois. Avec Rose, chaque fois que nous étions seules, je jouissais de toutes les joies et nous allions tous les jours au bain. Elle m'était fidèle comme si j'avais été un homme. Aujourd'hui encore, après tant d'années, elle m'est restée ce qu'elle était déjà alors, et bien qu'elle ait connu depuis l'amour masculin, elle me jure encore qu'elle aime mieux goûter l'amour entre mes bras que subir l'étreinte puissante du sexe fort. Moi aussi je le crois parfois, et je suis convaincue que si nous ne devions pas perpétuer le genre humain, nous pourrions très bien nous passer des hommes, tant la volupté est violente entre deux femmes.

Anna me proposa d'assister à une orgie grandiose qui avait lieu tous les ans, au carnaval, dans un b….. Elle me dit que les daines de la plus haute aristocratie y participaient, qu'elles étaient toutes masquées et que personne ne pouvait les reconnaître. Par le masque elles se distinguaient aussi des autres prêtresses de Vénus. Tout se passait très luxueusement. Les hommes y avaient entrée libre, mais chaque billet de dame coûtait soixante florins.

« Vous ne verrez pas quelque chose de semblable à Paris, disait-elle. Il n'y a pas plus de trente invitées. Les plus jolies putains (Mme de L… se servait toujours des mots les plus grossiers ; je ne puis faire autrement que de les répéter ; est-ce que cela vous choque ?) les plus jolies putains y sont invitées et environ quatre-vingts messieurs. Vous voyez que le prix n'est pas exorbitant, puisqu'il y a environ cent cinquante personnes de rassemblées et que le billet revient ainsi à douze florins par tête. L'entremetteuse veut recouvrer ses frais et les messieurs le temps perdu, éclairage, musique et souper. L'année passée, les comtesses Julie A… et Bella K… ont payé douze cents florins pour couvrir les frais. Il est probable que l'entrée sera plus chère cette année. Moi, j'aurai une entrée gratuite, ainsi que d'habitude. Mais si vous voulez y participer, vous devez me le faire savoir dans le courant de la semaine pour que je vous fasse réserver un billet. »

D'abord, je ne voulus pas. J'avais déjà dépensé beaucoup trop d'argent. Rose m'avait coûté plus de deux cents florins. Mes gages étaient assez élevés, mais j'aurais été embarrassée de dépenser encore quatre-vingts ou cent florins. Mais Anna me poussait tant que j'acceptai. Deux jours après, je recevais une carte d'entrée lithographiée avec une vignette que j'avais déjà vue dans un livre français. Une magnifique féminité posée sur un autel ; des deux côtés, une haie masculine et, au fond, ainsi qu'un bonnet de grenadier, des cheveux de femme. Les cartes étaient signées par la comtesse Julie A… et L… R… (Luft Resithérèse), le nom d'une des plus célèbres propriétaires de b… de Budapest, qui, ainsi que je l'appris, était protégée par M. de T…

Anna me dit qu'il y aurait un bal masqué. Les dames en domino n'auraient pas d'autres habits. On s'appliquait à découvrir certaines parties. Un costume pittoresque en augmentait les charmes. Bref, elle me fit un si beau tableau de la fête que je ne regrettai plus rien. Je me mis tout de suite à la confection d'un masque de caractère. Personne ne devait savoir que ce masque était le mien. Mme de B… avait à peu près la même taille que moi. Je lui dis donc de faire faire mon costume sur ses mesures.

Un soir, Anna vint me dire d'aller visiter le b… où le carnaval devait avoir lieu. Elle voulait me procurer des habits d'homme ; personne ne pourrait me reconnaître. Je passerais pour un jeune étudiant. Elle savait si bien parler que je cédai encore une fois. Je fus bientôt métamorphosée en jeune homme ; mes cheveux étaient si adroitement cachés que l'on ne pouvait pas reconnaître leur longueur. Comme j'avais tenu plusieurs rôles de page dans les opéras, particulièrement dans les *Huguenots* et dans la *Nuit de bal*, d'Auber, mes mouvements et mes gestes n'étaient pas empruntés.

Le temps était beau ; le pavé était sec ; nous allâmes donc à pied. Ce n'était pas loin. Nous traversâmes la place des Cordeliers et nous entrâmes dans la première rue, la rue des Brodeurs. La maison de cette prêtresse de Vénus était assez vaste. Il était encore tôt ; il n'y avait pas de visiteurs ; ceux-ci n'arrivent, pour la plupart, qu'après le théâtre. La directrice de ce pensionnat était une grosse femme, de peau très brune ; elle ressemblait à une bohémienne. L'expression de son visage était vulgaire et dure. Anna me présenta ; elle me fixa et sourit. Je vis tout de suite qu'elle avait deviné mon déguisement, et je regrettais déjà d'être venue.

« Vous désirez voir mes pensionnaires, jeune homme. Si vous étiez venu hier, vous n'auriez rien vu d'extraordinaire. Mais je viens de recevoir deux échantillons nouveaux, frais et curieux, de Mme Radt, de Hambourg. Maintenant j'en ai une douzaine. Quand j'ai trop de visiteurs, j'envoie chercher la Julie de M. de F..., et la vieille Radjan est tout heureuse de pouvoir vendre sa marchandise démodée chez moi. Est-ce que ce jeune homme a déjà fait l'amour ? (C'est son expression.)

Il désire une vierge, et c'est pour cela que vous l'avez mené chez moi ? dit-elle en s'adressant à Anna. Alors je vous recommande Léonie. Elle n'a débuté dans le métier que depuis deux mois et n'a que quatorze ans ; mais elle s'y connaît mieux qu'une vieille. »

Elle nous précéda dans une grande salle assez élégamment meublée. Il y avait un piano ; les parois étaient recouvertes de miroirs. Les odalisques de ce harem public étaient sur un divan. Elles étaient toutes plus belles les unes que les autres, et il était difficile de faire son choix. Elles semblaient plutôt timides que hardies. Léonie, une très jolie rousse, avait quelque chose de provocant et de coquet dans les traits. Elle portait une frisure rococo. Elle était élancée, aussi souple qu'une sylphide. Son décolleté laissait voir ses seins qui tendaient son corsage à le rompre. Elle montrait toujours sa jambe, qui était fine, et son pied mignon. Je m'assis à côté d'elle. Anna prit place en face de nous. Léonie me pinçait parfois avec férocité ; elle voulait être encore plus agressive, mais Anna lui tapa sur les doigts.

Je tendis dix florins à la propriétaire pour nous apporter du vin et des sucreries. Elle regarda dédaigneusement le billet de banque et dit : « C'est tout ? » Ces mots me fâchèrent ; je lui dis que je payerais tout ce qu'elle voudrait, mais que je n'avais qu'un billet de cent florins sur moi. Ceci la rendit immédiatement aimable. Elle me dit qu'elle allait me faire voir quelque chose que je n'avais certainement jamais vu et elle quitta le salon. Anna la suivit et je restai seule avec les femmes.

Je trouvai parmi elles ce que je n'y aurais jamais cherché :
de l'éducation, un bon ton, oui, même certaines connaissances
que plus d'une aristocrate aurait enviées. Une de ces femmes
jouait très bien du piano, elle avait un très bon doigté, une
bonne oreille ; elle chantait juste des ariettes d'Offenbach. Une
autre me montra un album avec de très belles aquarelles qu'elle
faisait à ses moments de loisirs. Une partie de ces femmes se
plaignaient de leur sort ; elles déploraient leur malchance qui
les avait menées ici. D'autres se sentaient parfaitement heureuses. Les cavaliers étaient aimables, galants ; les étudiants
étaient grossiers, mais entre leurs bras elles prenaient le plus
de plaisir, car ces jeunes gens dépensaient leurs forces sans
compter.

— Que voulez-vous, dit une belle Polonaise que l'on nommait Wladislawe ; il vient ici un admirable jeune homme, il
est fier comme un paon et toutes les femmes sont amoureuses
de lui. Il coucha une nuit avec moi et, jusqu'au matin, il fit la
chose neuf fois. C'est beaucoup avec une fille. Il est plus aisé
de le faire avec une douzaine de femmes que cinq fois avec la
même. Je n'en connais qu'un qui puisse en faire autant. Mais
celui-là ne me l'a jamais fait. Il doit avoir une bien-aimée, une
femme qui l'entretient.

— Tu parles du neveu de l'intendant du théâtre, dit Olga,
une joyeuse Hongroise, Arpard H… ?

Lorsque Olga prononça ce nom, je tressaillis.

— Aucune femme ne l'entretient, continua Olga, il est assez riche pour avoir une maîtresse.

— Je sais que la comtesse Bella R… lui a fait les propositions les plus brillantes et qu'il a refusées, dit une autre.

L'entrée de la patronne et d'Anna interrompit notre conversation.

« Si vous voulez bien venir, jeune homme, je vais vous montrer quelque chose qui va dessiller vos beaux yeux. Ce qu'il est beau ! ajouta-t-elle en me pinçant le derrière. »

Je suivis la grosse femme. Elle me mena dans un long corridor et nous traversâmes plusieurs chambres. Puis elle ouvrit une porte aussi doucement que possible et mit un doigt sur la bouche. La chambre était sombre ; une faible lumière de crépuscule pénétra par la fenêtre voilée de rideaux blancs. Elle prit ma main et me mena vers un sopha posé devant une porte vitrée. J'entendis un faible bruit qui venait de la chambre d'à côté. Je montai sur le divan pour mieux voir ce qui s'y passait. La chambre était éclairée, je voyais tout ce qui s'y passait ; mais les deux filles qui s'y trouvaient ne pouvaient pas me voir. Un vieillard entra ; il était chauve, avait un vilain visage de fauve, il était assez grand et très maigre. J'entendais chaque mot. Une des odalisques avait une verge en main. Elles se déshabillèrent rapidement ainsi que le vieux Céladon, la vraie caricature du Chevalier à la Triste Figure. Ils étaient tous les trois ainsi devant mes yeux. L'homme était laid, un cuir jaune et poilu recouvrait son maigre squelette. Il était juste vis-à-vis de moi. Son nez était petit et son visage tout ratatiné. Je ne le vis pas tout d'abord. Je ne pouvais pas distinguer s'il avait deux bouches au lieu d'une bouche ou un nez, car son nez n'était pas plus grand qu'une fève. Les deux filles prenaient des poses voluptueuses pour l'exciter ; mais cela n'aidait à rien. Alors il se coucha sur trois chaises ; on lui attacha les pieds et les poignets, et l'une se mit à le battre, tandis que l'autre lui offrait tantôt sa main à baiser, tantôt son pied. Les coups tombaient toutes les minutes ; au troisième, je vis des gouttes de sang perler sur la peau. Au dixième, ses potences (car je ne puis appeler autrement ses épaules maigres séparées par un torse encore plus maigre) étaient meurtries et ne formaient qu'une blessure informe et saignante comme un morceau de viande d'un animal. Il suppliait pourtant la fille qui le maltraitait si rudement de battre encore plus fort, et il sentait et baisait les mains de l'autre. Parfois j'entendais un coup de trompette ou le soupir d'un hautbois qui provenait du rire de la fille que ce vieux satyre flairait. Il semblait aspirer le parfum de ses mains.

« Ça n'ira pas ainsi, soupira-t-il enfin. Mais tu me gifleras et je serai content tout de suite. Louise, aurai-je une ou deux gifles aujourd'hui ? N'est-ce pas, deux, deux gifles, ma chère Louise ! »

Il se coucha sur le dos et la fille dont il avait flairé les mains s'assit près de lui et le gifla à tour de bras. L'autre riait à se tordre en voyant les mines que faisait l'horrible vieillard. J'entendis les bruits de hautbois du rire des filles et je vis, ce qu'il désirait, les gifles tomber dru sur son visage ; il grinçait des dents et se mordait les lèvres avec ardeur. Cette sotte opération lui faisait le plus grand plaisir, que l'on prolongeait aisément en le giflant selon son désir.

12

Orgie

Je regrettais beaucoup d'avoir été au b….. D'un côté, cela m'avait coûté très cher ; d'un autre côté, je ne pouvais pas vaincre le dégoût que cette scène entre le vieillard et les deux filles avait provoqué en moi. Cet épouvantable tableau me rappelait ce que j'avais fait avec Rose. Je me disais que, moi aussi, j'aurais une fois recours à de tels excitants pour contenter mes sens blasés. Un amoureux ne trouve rien de dégoûtant dans l'objet de son amour ; les épouses et les mères le prouvent journellement. Mais il ne pouvait pas être question d'amour chez ce vieil énervé. Ce n'était que ce même sentiment qui me poussait aussi vers Rose et qui pousse des hommes vers de beaux garçons : le sentiment le plus naturel, celui qui émeut les sens à la vue d'une belle femme, d'un joli garçon, d'une jolie fille ou d'un bel homme. Mais de quelle façon se manifestait-il chez ce vieillard ? Ce qui lui procurait de la volupté, les coups particulièrement, était, au point de vue esthétique, dégoûtant.

Et moi-même je m'étais laissé séduire par de telles anormalités. L'ivresse avait dû me dominer, ou une vague d'inconscience, quand je m'étais laissé aller à ce que, dans mon bon sens, je n'aurais jamais fait. Les hommes sont ainsi faits. Souvent ceux qui, dans leur sens ordinaire, ne voudraient pas se départir de leur respectabilité, s'émancipent vite dans l'état d'ivresse. Je pensais ainsi ; aujourd'hui je pense autrement. Vous savez ce que j'ai dit pour justifier certaines pratiques et certains désirs pervers ou anormaux. Après avoir vu ce vieillard, tout me dégoûta, aussi bien les plus violents désirs et les envies maladives que les relations naturelles avec Rose ou avec un homme. J'aurais chassé Arpard s'il était venu et s'il m'avait priée ; et je chassai Rose quand elle voulut passer la nuit avec moi.

Je ne pouvais oublier l'épouvantable spectacle auquel je venais d'assister, je passai une nuit agitée, rêvant à de pires infamies, et, le lendemain, je fus de méchante humeur.

A dix heures du matin, je devais assister à une répétition générale. J'étais presque tout le temps sur la scène. Cette répétition, quoique pénible, changea mon humeur en chassant ces vilaines images.

Parmi les personnes qui assistaient à cette répétition, je remarquai immédiatement un étranger qui me fit une grande impression. C'était un très bel homme, très élégant, avec un visage intelligent. Un de mes collègues l'avait amené. C'était un amateur d'art et un grand dilettante. Quand le ténor chanta un passage à fausse voix, il le remplaça et chanta ce passage avec tant de passion, d'expression et de goût qu'il nous enthousiasma tous. Je n'avais jamais entendu une telle voix, elle me courait le long des nerfs. Tout le monde applaudit et le ténor s'écria : « Après vous, monsieur, ce serait une profanation si je continuais », et il gâcha le reste de sa partie, ainsi que moi et les autres chanteurs.

Je me renseignai auprès de M. de R... et lui demandai s'il

était Hongrois.

« Vous m'en demandez plus que je ne puis vous dire, me répondit-il. Sa carte de visite porte Ferry, F, e, r, r, y. Il peut être aussi bien Hongrois, Anglais, Italien ou Espagnol que Français, Allemand ou Russe. Il parle toutes les langues. Je n'ai pas vu ses papiers. Je sais seulement qu'il arrive de Vienne, qu'il est reçu à la cour, que l'ambassadeur anglais l'a recommandé auprès de son chargé d'affaires, qu'il a dîné avec le régisseur du théâtre Royal et que, dans la haute société, on est heureux de l'avoir à dîner. Je crois qu'il est chargé d'une mission diplomatique. Il habite l'Hôtel de la Reine d'Angleterre. »

Ferry assista à la fin de la répétition et se fit présenter. Il était un parfait galant homme, et je dus me surveiller en parlant avec lui.

J'étais libre le soir quand j'avais eu une répétition générale dans la journée. On m'avait recommandé d'assister souvent à la comédie, pour entendre la bonne prononciation du hongrois. J'allai le soir au théâtre. Mme de R… me tenait compagnie dans ma loge. Au premier entr'acte, j'eus la visite inattendue de Ferry. Il s'excusa de me rendre visite et je le priai de rester. Il me fit un brin de cour, c'est-à-dire qu'il loua ma voix et mon chant, dit que j'avais une belle figure pour le théâtre, que mes toilettes étaient de très bon goût, etc., etc., mais ne parla pas d'amour. Il était simple, poli, sans être importun ou commun. Je résolus de faire sa conquête avant que les belles dames de la société ne se l'arrachassent. Aussi je mis en œuvre toute ma coquetterie, pensant le gagner rapidement. Comme il me demandait la permission de me visiter chez moi, je pensais l'avoir déjà conquis, mais je fus bientôt détrompée.

Nous parlâmes aussi d'amour, mais très généralement. Quoique ses yeux fussent éloquents, sa langue restait muette. Et si ses paroles me laissaient entendre que je ne lui déplaisais point, il ne me pria jamais de lui témoigner la moindre faveur. Quand il me pressait les mains en arrivant ou en me quittant, il le faisait nonchalamment, sans y attacher la moindre signification.

Enfin, je l'amenai quand même à me parler de ses amours passées. Je lui demandai s'il avait fait beaucoup de conquêtes et s'il avait déjà été sérieusement amoureux.

— J'aime le beau où je le trouve, me dit-il. Je trouve que c'est une injustice de me lier à une seule personne. Je trouve, en théorie, que le mariage est l'institution la plus tyrannique de la société. Comment est-ce qu'un homme d'honneur ose promettre ce qui ne dépend pas de sa seule volonté ? En général, on ne devrait jamais rien promettre. Vous ne trouverez personne qui puisse vous dire que j'aie jamais promis quelque chose à quelqu'un. Je ne promets même pas de venir à un dîner lorsque je suis invité ; je me contente de confirmer la réception de l'invitation. Je ne paye jamais et je ne joue jamais. Le hasard est une trop grande puissance pour que je songe à lui donner des chances de me vaincre. Et c'est pourquoi je ne promettrais jamais à une femme de lui rester fidèle. Elle doit me prendre comme je suis. Si elle condescend à vouloir partager mon cœur avec d'autres, elle y trouvera assez de place. Ceci est la raison pourquoi je n'ai encore jamais fait une déclaration d'amour à aucune femme ; j'attends toujours qu'elle me dise simplement et franchement si je lui ai assez plu pour qu'elle n'ait plus rien à me refuser. »

— Je crois que vous avez rencontré de telles personnes, lui dis-je. Mais je ne comprends pas comment vous avez pu les aimer. Pardonnez-moi, mais une femme doit être bien imprudente qui ose faire les premiers pas, sans attendre que l'homme prenne l'initiative et lui fasse les ouvertures.

— Et pourquoi ? Est-ce qu'un homme ne préfère pas une femme qui l'aime assez pour oser mépriser toutes les lois conventionnelles, à une femme qui joue la comédie ? Les femmes qui se font prier ne le font qu'avec l'intention de céder à la fin. L'homme aimera bien mieux et plus longtemps la femme qui sait sacrifier sa vanité que celle qui ne sait être que coquette. L'amertume pousse les hommes à se venger d'une femme qui les a fait longtemps languir ; quand elle a enfin cédé, ils lui sont infidèles et la quittent.

— Et ces malheureuses jeunes filles qui abandonnent leur cœur à la première attaque de l'homme, méritent-elles aussi que l'homme se venge ?

— Je ne me suis vengé que des coquettes. Je ne voudrais jamais séduire une jeune fille innocente. Je ne l'ai jamais fait, et pourtant j'en ai eu. Chacune d'elles s'est offerte d'elle-même, sans que je la priasse jamais de me sacrifier sa virginité. Chacune d'elles était lasse d'attendre et connaissait son sort. Elles étaient libres de choisir. Elles se disaient : dois-je préférer celui qui me poursuit et qui ne me plaît pas à celui qui me laisse entendre que je lui plais sans rien m'en dire ? Et leur choix tombait sur moi. Elles se libéraient des scrupules ridicules que des mères et des tantes et d'autres personnes fatiguées et prudes leur avaient appris dès l'enfance. Elles jouaient à jeu ouvert. Et aucune ne l'a regretté. Chacune savait les risques qu'elle courait ; je disais à chacune qu'elle pouvait devenir mère, que je ne l'épouserais point, que j'aimais d'autres femmes et qu'elle ne me reverrait peut-être jamais plus. Dites-moi, n'ai-je pas agi en honnête homme ?

Je ne pouvais pas le nier, mais je lui dis que je ne pourrais jamais faire une déclaration d'amour à un homme.

« Alors vous n'aimerez jamais un homme, me dit-il. Car l'amour de la femme est tout de sacrifice. Et je ne donnerai jamais la plus éphémère faveur à une femme qui ne m'aurait donné des témoignages d'un tel amour. »

Il avait réponse à tout. Je savais qu'il ne me ferait jamais une déclaration et que les Messalines de la société allaient me le prendre si je ne faisais ce qu'il insinuait. Il était évident que je lui plaisais. Pourquoi m'aurait-il si souvent visitée ? Il préférait passer le temps avec moi que d'aller en soirée. J'hésitais, j'attendais une occasion qui m'aurait épargné de rougir. J'espérais en trouver une durant le carnaval. Je ne sais pas, il me croyait peut-être inexpérimentée. D'après ses assertions, la virginité n'avait aucun charme pour lui. Il aurait aimé une vierge aussi corrompue qu'une Messaline. Mais il n'y a pas de telles vierges. L'amour s'apprend.

Je ne savais pas si je devais tout raconter à une amie et la prier d'être l'entremetteuse. Je me confiai à Anna. Elle me dit que Ferry était déjà tombé dans les rets d'une dame de la haute société et qu'elle allait faire son possible pour me l'enlever. Avant tout, elle voulait savoir si Ferry allait participer à l'orgie qui devait avoir lieu dans le b…

Quelques jours plus tard, elle m'apporta des nouvelles plus rassurantes. La comtesse O… était la maîtresse de Ferry. La femme de chambre de la comtesse avait surpris la conversation du mystérieux et bel étranger. Il avait dit la même chose à la comtesse, celle-ci n'avait pas autant hésité que moi. En plus des deux conditions qu'il m'avait posées, que je devais faire les ouvertures et que je ne pouvais pas compter sur sa fidélité, il y en avait une troisième dont il ne m'avait pas parlé : chaque femme qui se livrait à lui devait être complètement nue. Quand une femme accorde tout à un homme, il n'y a pas de raison pour qu'elle ne le fasse complètement et en parade, c'est-à-dire nue. Et la comtesse avait accepté.

Je ne sais pas si je me serais jamais abandonnée de cette façon, même si j'avais été passionnément éprise. Je suis très libre sur ce point ; pourtant je ne puis me passer d'une certaine pudeur qui, innée ou apprise, me domine. Je ne sais pas si cette retenue est naturelle à la femme ou si ce n'est qu'un résultat de notre éducation. Anna me dit en outre que Ferry participait sûrement à l'orgie qui devait avoir lieu chez RésiLuft : il y avait été invité par trois dames. Il ne l'avait pourtant pas promis, car c'était contraire à ses principes.

Le soir où l'orgie devait avoir lieu approchait. Anna, Rose et Nina m'aidaient à terminer mon costume. Il était d'une soie bleue ciel, très lourde, avec des entre-deux de gaze blanche et surchargé de fleurs d'or brodées. Cette toilette était charmante et pleine de goût. Elle m'allait parfaitement et était en outre excitante au possible. J'avais de mignonnes sandales de velours cramoisi, également brodées de fleurs d'or. Ma collerette était en dentelle ruchée, ainsi que la portaient les dames du XVIe siècle, et ainsi qu'est représentée Marie Stuart dans ses portraits. Les manches m'arrivaient au coude, elles étaient taillées en pointe et chamarrées de broderies d'or. Un châle indien tissé d'or m'entourait la taille. Ma coiffure se composait de plumes multicolores de marabout.

Je ne voulais pas porter mes bijoux pour ne pas être reconnue. Je les déposai chez une juive, qui m'en donna d'autres et qui devait me rendre les miens. J'avais à la main une houlette dorée, surmontée d'un oiseau des îles en ivoire. Mon costume était donc plein de goût et très original. En outre, j'avais un masque en taffetas qui ne me découvrait que les yeux et la bouche. La couleur de mes cheveux n'était pas assez voyante pour me trahir, bien qu'il y ait bien peu de femmes qui aient une aussi riche toison que moi.

Le 23 janvier, à sept heures du soir, nous allâmes, Anna et moi, à la rue des Brodeurs. J'avais jeté sur mon costume une lourde pelisse. Anna me quitta dans le vestibule. Rési Luft me reçut. Il y avait déjà beaucoup de monde dans la salle et l'orchestre jouait. Les messieurs que je vis étaient M. de D...

et le baron… Ils ne portaient pas de masques. Bizarrement accoutrés, ils n'avaient qu'une sorte de caleçon de bain en soie. Mon entrée dans la salle fit sensation ; j'entendis les dames murmurer : « Celle-ci va nous battre », « Comme elle est belle ! » « Elle est en sucre, on a envie d'y mordre », etc., etc.

Les messieurs étaient encore plus ravis. Les plus belles parties de mon corps étaient faiblement voilées, mes reins, mes bras, mes mollets. Je cherchais Ferry dans la foule. Il était avec une dame, costumée de tulle blanc, avec des roseaux et des lis comme attributs, car elle était en nymphe. Son corps était assez bien fait, mais pas aussi beau que le mien. Une autre dame entourait d'un bras les hanches de Ferry. Elle ne portait qu'une ceinture d'or, des diamants et un diadème dans ses cheveux noir corbeau ; elle représentait Vénus. Elle tenait la main de Ferry dans la sienne, et la main de Ferry était ornée de belles bagues où brillaient des diamants d'une grosseur inhabituelle et de la plus belle eau. Je n'en avais jamais vu d'aussi gros ni surtout lançant de si beaux feux. Ferry, d'autre part, ne portait que des sandales rouge sang. Ni l'Apollon du Belvédère, ni Antinoüs n'étaient aussi proportionnés et aussi beaux que lui. Son corps était d'un blanc éblouissant, avec des ombres rosâtres aux contours.

A sa vue, je me mis à trembler, je le mangeai des yeux, et je m'arrêtai involontairement devant eux. Vénus avait un très beau corps, très blanc, mais ses seins n'étaient pas parfaits. En somme, c'était une femme un peu fanée ; on voyait qu'elle servait assidûment la déesse qu'elle représentait.

Les yeux de Ferry s'arrêtèrent sur moi ; il sourit légèrement et dit : « Tiens, c'est la meilleure méthode pour prendre l'initiative. »

Il s'inclina devant ses dames et vint vers moi. Il me souffla mon nom à l'oreille. Je rougis sous mon masque.

L'orchestre attaqua une valse. Il était caché, un grand paravent le séparait de la bacchanale. Ferry me prit par la taille et nous nous mêlâmes au tourbillon des couples. L'attouchement multiplié de tous ces corps brûlants et brillants d'hommes et de femmes m'affolait. Tous les yeux masculins étaient brillants ; durant la danse, ils se tournaient tous vers un but précis ; les baisers pétillaient. Un parfum voluptueux s'élevait de ces hommes et de ces femmes. J'avais le vertige. Les bagues de Ferry me touchaient ; elles m'écorchaient ; je me pressais contre lui, j'étais prête à lui dire qu'il me plaisait ; mais il ne le remarqua pas et me demanda :

— N'es-tu pas jalouse ?

— Non ! fis-je. J'aurais voulu te voir comme Mars avec Vénus.

Il me quitta et prit Vénus, qui causait avec un autre homme.

Quelques filles de la maison apportèrent un tabouret recouvert de velours rouge. Elles le placèrent au milieu de la salle. Vénus s'y assit et Ferry s'accroupit devant elle. Vladislawe et Léonie s'accroupirent à leurs pieds. L'une rafraîchissait avec un éventail le visage de la déesse et en essuyait la sueur avec un mouchoir ; l'autre chantonnait doucement des chansons gaies de circonstance.

C'était trop ! Vénus et une autre dame dansaient devant moi ; une troisième m'éventait avec de grands éventails de plumes comme on en voit sur les peintures murales des Egyptiens, ou encore comme ceux dont on se sert pour les fêtes papales à Rome. Mes sens s'évanouissaient, mon souffle haletait, mon corps tremblait, tremblait si fort dans cette folie qu'il me brûlait. Tout tournait autour de moi, il me semblait être dans le désert pendant le simoun, quand le voyageur égaré croit voir toutes sortes de mirages plus affolants les uns que les autres et qui trompent son anxiété. Je râlais. Tous mes nerfs, qui s'étaient détendus, se crispèrent, mes tempes étaient en feu. Les danseurs et les danseuses diaboliques tournaient. Oh ! Ce qu'ils s'entendaient bien aux folies. Parfois, la danse s'arrêtait complètement. Je ne me souviens d'avoir assisté à une telle folie qu'à Paris, dans une fête mondaine où tout à coup les invités furent pris d'une frénésie égale et se mirent à danser comme font les Peaux-Rouges dans la terrible danse du scalp, qu'ils exécutent devant l'ennemi qu'ils vont immoler après l'avoir vaincu et pris. Mais à Paris, cependant, ces danses – les plus folles des danses – me paraissaient réglées par une sorte de bienséance que les Français, même les plus mal élevés, n'abandonnent jamais. Tandis qu'ici toute bienséance, toute morale enfin étaient mises de côté, et il ne restait que le plaisir de s'amuser, le plaisir d'être libre pendant quelques heures, avant de reprendre le hideux masque de la respectabilité mondaine, qui est la vraie règle des civilisations, règle nécessaire aussi, puisque sans elle nos sens, nos instincts déchaînés nous ramèneraient vraisemblablement très vite à l'état des animaux.

La danse s'arrêta un moment aux applaudissements des spectateurs, qui avaient fait cercle autour de nous. Les danses seules se suivaient à intervalles réguliers, on les applaudissait chaque fois. Je sentis une commotion électrique qui me paralysa le cœur. Sans sa présence d'esprit, je serais tombée ; Ferry eut assez de sang-froid pour me soutenir, si bien que personne ne s'aperçut de mon étourdissement.

Et cette fois il ne cessa pas encore de me donner des preuves de son amour et de sa gaîté. Les assistants applaudissaient ; ils délirèrent quand ils le virent pour la troisième fois se remettre à danser un cavalier seul en tenant ma houlette. Ils criaient : « Toutes les bonnes choses sont trois. » La danse dura un bon quart d'heure et ils nous entouraient toujours. Des paris se faisaient. Ferry était infatigable, mais la crise arriva enfin et il tomba épuisé à mes pieds, où il resta haletant, les yeux fermés, comme mourant. Je n'étais plus debout, sur mes pieds, plusieurs pensionnaires de la maison me soutenaient. De tous côtés, sous mes pieds, à gauche, à droite, je ne sentais que des soutiens. Les dames me couvraient de baisers, elles m'éventaient et essuyaient mon visage, et Ferry, qui s'était remis, debout derrière moi, me serrait dans ses bras.

Enfin, on nous laissa tranquilles. Ferry m'étreignit une dernière fois ; puis il m'offrit le bras pour m'emmener dans une autre chambre. « Sur le trône ! Sur le trône ! » crièrent plusieurs voix. On avait dressé, au bout de la salle, une espèce de tribune, avec une ottomane recouverte de velours rouge, d'épais rideaux et un baldaquin de pourpre. C'est là que l'on voulait nous mener en triomphe, pour nous témoigner que nous avions gagné la première place dans cette fête. Ferry déclina, en mon nom, tant d'honneur. Il dit qu'il préférait, si on voulait bien le lui permettre, prendre un rafraîchissement ; sur quoi, la dame qui était costumée en Vénus nous mena au buffet, dans la salle du banquet, où la table n'était pas encore dressée.

« Est-ce qu'il n'y a pas un cabinet sombre où ma Titania (c'est ainsi qu'il me nommait, princesse des elfes, à cause de mon costume) pourrait se reposer un instant ? »

— Rési Luft doit en avoir plusieurs, répondit Vénus. Je vais lui dire d'en ouvrir un.

Elle s'éloigna et revint bientôt, accompagnée de l'hôtesse. A sa vue, nous éclatâmes de rire. Rési Luft avait suivi notre exemple : elle était vêtue en Tyrolienne. Elle était vieille, grosse, grasse, le portrait de cette reine des îles du Sud, de la célèbre Nomahanna, si cette horrible reine sauvage avait porté le costume du Tyrol. Mais c'était encore appétissant, et, je compris qu'il se trouvât des hommes pour goûter à ces charmes et s'engloutir dans cette mer de chairs.

Elle nous ouvrit un cabinet, près de la salle de danse. Par la porte ouverte, je pouvais suivre la voluptueuse bacchanale. Quelques couples dansaient encore ; les autres préféraient une occupation plus sérieuse. Nous entendions le murmure des voix, le bruit des baisers, le halètement des hommes et les soupirs voluptueux des femmes. Ce spectacle m'excitait. J'étais assise sur les genoux de mon amant, un bras autour de son cou. Je sentais cependant que Ferry avait envie de se mêler encore à la danse.

— Tu ne vas pas recommencer ? lui dis-je, l'étouffant de baisers.

— Et pourquoi pas ? dit-il en souriant, puis voyant que je ne voulais pas : Mais je voudrais fermer la porte. Enlève ton masque pour que je lise la gaîté dans tes traits. Pourrais-tu me le refuser ?

Il n'était pas le despote, le tyran que j'avais cru. Il était aussi doux, aussi caressant qu'un berger. Je fermai la porte, je poussai les verrous et je me jetai sur le lit. Je me reposai avec un plaisir indicible, car le bruit, la musique, les tourbillons des danseurs et danseuses m'avaient beaucoup fatiguée. Cette fois personne ne nous dérangeait ; je ne voyais que lui, et lui que moi.

Suis-je capable de vous dire ce que je ressentis ? Non. Qu'il vous suffise d'apprendre que nous nous dîmes de vrais mots d'amour. Je ne puis vous dire ma joie de l'avoir pour moi toute seule. Quand il m'embrassait, ses yeux devenaient fixes et prenaient une expression sauvage de volupté ; mes yeux se troublaient aussi et nous retombions, ivres d'amour, poitrine à poitrine, en murmurant les paroles les plus folles, les plus dénuées de sens. A la fin, il s'était mis sur le côté ; j'étais presque endormie, il disait toujours des paroles d'amour, nos yeux étaient fermés et nous restâmes une bonne demi-heure ensommeillés dans cette extase. Les cris qui venaient de la salle nous réveillèrent. Je réparai mon désordre à la hâte et il m'attacha lui-même mon masque, que j'avais oublié dans ma fièvre. Ferry prit son domino et nous entrâmes dans la salle. L'orgie atteignait son apogée. On ne voyait que des groupes voluptueux, dans toutes les poses imaginables, de deux, trois, quatre, cinq personnes.

Trois groupes étaient particulièrement compliqués. L'un était composé d'un monsieur et de six dames, qui chantaient des chansons montagnardes en se tenant par la main. Ils paraissaient extrêmement gais et se tenaient accroupis sur le sol, où l'on avait posé des flûtes de Champagne qui pétillaient, et, entre chaque chant, les chanteurs sablaient un verre ou deux, ce qui ne devait pas tarder à les jeter dans l'ivresse la plus complète.

L'autre groupe se composait de Vénus, étendue près d'un monsieur qui jouait des castagnettes, tandis qu'un autre jouait du tambourin de façon continue. Dans les deux mains, elle tenait des clochettes et les secouait, tandis qu'une sorte de géant de Rhodes, appuyé sur deux chaises, roulait du tambour delà façon la plus bruyante, comme s'il avait dirigé la marche d'une armée.

En même temps, ils poussaient des hurlements de Zoulous. C'était le plus beau groupe.

Le troisième groupe se composait de deux dames et d'un

monsieur. Une dame était couchée sur le dos, l'autre tenait au-dessus d'elle une grosse caisse sur laquelle la première cognait de toutes ses forces en criant et en faisant des grimaces. Le monsieur, taillé en hercule, dominait en jouant de l'harmonica, dont le son harmonieux et cristallin parvenait à n'être pas étouffé par les chants des montagnards du premier groupe ni par les hurlements, les castagnettes, les tambourins, la grosse caisse. C'était vraiment de la folie, et de la folie musicale, qui plus est, et je me crus un instant dans un asile d'aliénés.

Tous les messieurs et toutes les dames avaient participé à ce concert, avec une activité plus ou moins vive, selon les tempéraments. Personne ne s'était dérobé à l'obligation de s'amuser. Ferry, parmi les hommes, et moi, parmi les femmes, nous étions encore les plus raisonnables.

Vénus, moi et la comtesse Bella étions les seules femmes qui ne se fussent point démasquées.

J'appris plus tard qui était Vénus. C'était une femme célèbre par ses aventures galantes. Elle se serait gardée pourtant d'enlever son masque, tandis que la comtesse Bella était une véritable furie, un démon féminin. Elle criait à haute voix : « Viens ici ! Allons, ne sais-tu pas que je suis une putain, une vraie putain ? » Elle fit le tour de toutes les pensionnaires de la maison ; elle leur distribuait des bonbons, des fruits ou du Champagne. A table, elle but un plein verre d'eau-de-vie qu'un monsieur lui avait rempli. Elle était ivre-morte, se roulait sous la table. Rési Luft dut l'emporter dans un cabinet et la mettre au lit. Elle l'enferma à clé. Bella essaya d'enfoncer la porte, enfin elle tomba par terre et s'endormit. Un peu plus tard, deux pensionnaires montèrent voir si elle dormait. Elles la trouvèrent se vidant par toutes les ouvertures, comme un tonneau défoncé, et la mirent au lit. Elle dormit jusqu'à quatre heures de l'après-midi.

Le souper fut en tous points digne de l'orgie. Plusieurs personnes s'endormirent sur la table. Il n'y avait plus que Ferry et encore deux ou trois autres messieurs capables de se tenir décemment. Les autres laissaient tristement pendre la tête. Puis on distribua les prix. Ferry fut proclamé roi ; puis vint le monsieur qui avait joué si bien de l'harmonica ; puis un autre, qui avait distribué beaucoup de bonbons. Ma rivale, la princesse O..., que j'avais trouvée en compagnie de Ferry, l'avait bel et bien perdu. Je voulus le convaincre de boire jusqu'à être ivre, mais il refusa. Pourtant je réussis à le faire boire de l'eau-de-vie. L'orgie se termina à quatre heures du matin.

Ferry et moi, Vénus et quelques autres dames rentrâmes à la maison ; les autres étaient ivres et passèrent la nuit chez Rési Luft.

En général, j'avais remarqué que les pensionnaires de notre hôtesse s'étaient le mieux conduites. Elles se faisaient prier par les messieurs avant de prendre part à ce qui se faisait. Léonie seule y faisait exception ; mais on racontait d'elle qu'elle appartenait à la noblesse, qu'elle était d'une vieille famille viennoise, qu'elle avait quitté ses parents pour se vouer à cet infâme métier et qu'elle était venue directement chez Rési Luft.

Ferry m'accompagna chez moi. Rose était encore debout, elle n'alla se coucher que quand je le lui eus dit. Ai-je besoin de vous dire que pour Ferry et moi la guerre d'amour n'était pas encore terminée ?

13
Ferry

Vous êtes peut-être fâché que je vous raconte tout au long mes aventures à Budapest ; vous allez m'accuser de trop aimer les Hongrois. Certaines choses sont trop générales pour qu'on puisse les attribuer spécialement à telle ou telle nation – ainsi les arts – et je compte l'amour, comme je l'ai pratiqué, parmi les beaux-arts. Je puis donc vous assurer qu'il n'y a pas un pays au monde où l'on entende mieux l'art d'aimer qu'en Hongrie. Ce pays et ses habitants sont en retard à bien des points de vue ; mais dans l'art de jouir de la vie – la volupté sexuelle est la plus haute jouissance, – ils sont aussi avancés que les Français et les Italiens, ces grands maîtres ; oui, ils les ont peut-être dépassés.

Je vais vous le prouver.

Peu de temps avant de reprendre cette correspondance avec vous, je fis la connaissance d'un Anglais qui avait fait plusieurs fois le tour de monde. Il voyageait depuis quarante-quatre ans. Il avait donc vu tous les pays. Si nous admettons qu'il passa deux ou trois années dans chaque pays, il aura visité dix-huit pays ; par exemple : l'Autriche, la Hongrie, la Turquie d'Europe, l'Italie, l'Espagne, la France, la Grande-Bretagne, la Russie, la péninsule scandinave, l'Allemagne, l'Orient, les Etats-Unis, la Suisse, l'Amérique du Sud, la Belgique et les Pays-Bas. Est-ce assez ? Oui, n'est-ce pas.

Mon ami, c'est ainsi que je l'appellerai, a visité tous ces pays au moins deux fois. Il venait d'Italie et me fit la description d'un pensionnat de prêtresses de Vénus à Florence. Il y avait trois Hongroises parmi ces dames. Elles étaient les plus recherchées, leur prix montait de cent à cinq cents francs. La patronne disait qu'elle allait réformer son établissement et que les deux tiers de ses élèves devaient être des Hongroises. Il y avait quelques Espagnoles, quelques Hollandaises, une Serbe, une Anglaise, qui étaient toutes beaucoup plus belles ; mais aucune ne savait aussi bien séduire les hommes que les Hongroises. Et c'était ainsi partout : à Paris, à Londres, à Saint-Pétersbourg, à Constantinople, dans plusieurs résidences de l'Allemagne, les Hongroises étaient partout préférées.

Non seulement les femmes de ce pays ont conquis les palmes de l'amour, mais aussi les jeunes gens. Ils sont d'un extérieur très attrayant, leurs manières sont captivantes ; ils sont autres que les jeunes gens de toutes autres nations, et l'originalité nous attire, nous autres femmes. Enfin, ils sont infatigables aux jeux d'amour et ils en connaissent tous les raffinements, et une femme n'a jamais besoin, avec eux, d'employer d'extraordinaires excitants.

Ne pensez pas, d'après ce que je vous dis, que j'aie une passion exclusive pour les Hongrois et les Hongroises ; je vais vous raconter les aventures que j'ai eues ailleurs.

Je reviens donc à mon histoire.

Je partageais mes plaisirs avec deux personnes : avec

Ferry, qui était mon amant déclaré, et avec Rose, qui variait mes ébats. Un spécialiste dirait que je partageais des plaisirs homosexuels et hétérosexuels.

Ferry m'avoua qu'il n'avait connu le véritable amour qu'avec moi, que ses principes n'étaient plus aussi solides. Il croyait maintenant à la possibilité de la fidélité. Si je l'avais voulu, il m'aurait épousée ; il me le proposa plusieurs fois. Je refusai. J'avais peur de perdre son amour, si d'autres liens que ceux de l'amour nous unissaient. Le mariage est le tombeau de l'amour. L'exemple de mes parents ne me rassurait pas ; je craignais de voir notre amour profané par la loi et par l'Eglise. La cérémonie publique du mariage est une profanation. J'aimais ; le secret de mes plaisirs augmentait mon amour. Tout ce qui n'a pas un rapport immédiat avec l'amour et le plaisir gêne, et Ferry partageait mes vues.

J'avais pourtant une inquiétude, j'avais peur de devenir mère et de perdre ma place. Je lui fis part de mes craintes. Je lui dis aussi mon étonnement de n'être pas encore enceinte, car, avec lui, j'avais négligé les mesures de précaution que Marguerite m'avait si chaleureusement recommandées et que j'avais toujours employées avec le prince.

« Il y a bien d'autres moyens, me dit Ferry ; peu d'hommes et peu de femmes les connaissent. Je me suis servi d'un sans que tu le saches. Si tu veux connaître ces différents préservatifs, lis le livre *De l'art de faire l'amour sans crainte*. Je te le donnerai. On traite aussi de ton moyen, du condom, mais il n'est pas toujours sûr ; il peut s'échauffer et éclater sans que l'on s'en aperçoive. »

Il m'apporta ce livre et je le lus avec beaucoup d'attention. Il a été rédigé par un médecin ; il est beaucoup plus rare que tous les romans priapiques ; il est même plus rare que la *Justine* de Sade, qui a été officiellement brûlée sous Robespierre et qui vient d'être rééditée en Hollande et en Allemagne. Je pense que ce livre ne vous est jamais tombé entre les mains et je vais vous parler de quelques-uns des sujets qu'il traite.

L'auteur ne recommande pas l'emploi du condom ; il prétend que la volupté de l'homme et de la femme est beaucoup moindre. Le condom n'est pas fait sur mesure. Quand il est trop étroit, il cause des douleurs à l'homme. Quand il est trop large, il se forme des faux plis aussi coupants qu'un cheveu. Dans les deux pas, il peut facilement céder et le but n'est pas atteint.

L'auteur dit que la femme peut ne concevoir qu'une fois sur mille si elle sait bien s'y prendre, mais je ne dirai pas comment, car ce sont choses qu'il faut connaître par expérience et non par la lecture. Je ne fais pas profession d'enseigner ces choses et si j'indique le titre de ce livre rare et quelques-unes de ses particularités, c'est pour montrer l'intérêt que je pris à le lire.

(A cet endroit, je me souvins que Ferry employait toujours le moyen dont il avait parlé ; il l'employait expressément. Et si parfois il en usait autrement, ce n'était jamais qu'à la fin d'une séance.

Que cela neutralisât les effets masculins, je l'avais déjà deviné. Ferry, qui ne semblait pas avoir toujours confiance dans le premier secret, employait souvent un autre moyen qui augmentait encore ma joie.)

L'auteur ajoute encore que la formation de la semence a besoin d'un certain temps pour qu'elle soit fécondante. Et la chose est certaine, car l'on voit que les débauchés n'ont que rarement des enfants, et pour ma part je suis persuadée que Don Juan n'a jamais été père.

Il fait une distinction entre ce qui est de l'homme et ce qui est de la femme. Il dit qu'il n'y a pas de différence entre le masculin et le féminin ; que ce n'est pas ce qu'on croit qui cause la volupté, mais bien ce qu'on évite souvent ; car si cela n'était pas ainsi, la femme ne ressentirait point de volupté, ce qui est inexact, car la volupté de la femme est beaucoup plus forte que celle de l'homme, justement à cause de cela. La suite de cette explication était trop savante et je ne l'ai pas comprise. Nous avons parlé une fois de ce sujet ; vous aussi vous prétendiez qu'après plusieurs plaisirs l'homme est stérile ; c'est pourquoi les peuples froids se multiplient beaucoup plus que les peuples chauds et passionnés. Les Hongrois, les Français, les Italiens, les Orientaux, les Slaves du sud ont beaucoup moins d'enfants que les peuples du nord et particulièrement que les Allemands. Le mariage est plus fertile que le concubinat ; la classe pauvre que l'aristocratie. (J'ai lu plus tard Kinskosch et Venette, tous ces auteurs sont du même avis.)

L'auteur recommande plusieurs moyens comme les plus sûrs. Un entre autres : l'homme, quand il sent la crise approcher, doit se retirer. Je ne crois pas qu'un homme puisse avoir assez de volonté pour le faire chaque fois. En outre, les deux perdent la plus haute volupté. Le but des amoureux, n'est-ce pas justement de ressentir ce choc électrique qui est bien la chose la plus humaine et la plus naturelle du monde ? Je détesterais un homme qui me ferait cela.

Je me souviens encore de deux aphrodisiaques, qui sont très simples et que j'employai toujours dans la suite à la place du condom, que je trouvais vraiment trop grossier. L'un est la boule d'argent, l'autre l'éponge.

Une boule d'argent massive, avec un petit anneau muni d'un élastique, voilà tout. Comme elle est lourde, elle tombe au fond, et comme elle est de la grosseur d'une noisette, elle bouche suffisamment. Ce qu'il faut éviter ne peut plus passer. Cette boule est très pratique. Je crois que l'on s'en servait beaucoup autrefois et particulièrement au dix-huitième siècle. On m'a dit qu'il y avait une belle collection de ces boules chez un collectionneur de Berne. Et il est certain que ce moyen était fort employé en Suisse, où on le connaît encore fort bien. On parle même de boules en or, mais je dois dire que je n'en ai jamais vu.

L'emploi d'une éponge est du même genre. Ce moyen paraît être connu dès la plus haute antiquité, où l'on attribuait à l'éponge des vertus thérapeutiques que l'on a peut-être exagérées.

Ces moyens ne sont pas particulièrement sûrs, et il vaut bien mieux qu'ils ne le soient pas, car l'humanité cesserait bientôt d'exister s'il existait des moyens complètement sûrs pour éviter les suites que tout le monde, de plus en plus, semble avoir tendance à éviter, car l'homme est peut-être l'être qui se soucie le moins de la perpétuation de l'espèce.

Ceci me rappelle un savant auquel j'avais fait part de mes réflexions sur ces sujets ; il me répondit que, si l'homme ne se souciait plus de perpétuer son espèce, c'est que la nature avait décidé l'anéantissement progressif de la race humaine, que d'ailleurs le temps viendrait où l'homme, roi de la création, devrait céder la place à un nouvel être qui existait peut-être déjà sans que nous le connussions et peut-être même sans que nos sens imparfaits pussent le concevoir.

En plus de cette collection d'aphrodisiaques, le livre indiquait toute une série de moyens pour éviter les conséquences. Je pense que vous les connaissez tous. En Hongrie, ce qu'on emploie le plus est une décoction de végétal que je ne veux pas dire. Chaque paysanne l'emploie. Mais cela est très nocif et dangereux, je connais beaucoup de cas d'empoisonnement.

Je reviens à mes aventures. Sûre de mes deux moyens, je m'adonnai complètement aux plaisirs. Je n'aimais que Ferry. Il était très prudent, personne ne soupçonnait nos relations et mon renom n'en souffrit point.

Rose était le plus à plaindre. Ferry ne lui laissait pas grand-chose. Je n'avais que très rarement une nuit de libre, où elle pouvait venir dans mon lit. J'avais pitié d'elle. Je ne connaissais pas la jalousie. Et je me demandai si je n'allais pas prendre un grand plaisir à la pousser entre les bras de Ferry. La dévirgination artificielle n'avait pas été complète. La membrane avait repoussé, sa virginité était à neuf ! Comme médecin, vous allez vous récrier et dire que cela est impossible. Mais je puis vous certifier que c'est la pure vérité et que cette membrane avait repoussé, que je l'avais vue moi-même en l'examinant. Et je vis qu'elle était intacte. Au demeurant, j'avais vu la représentation d'une vierge dans un panopticum, sur la place de Saint-Joseph, lors de la foire de Budapest. Je suis profane, je puis vous dire ce que j'ai vu et non l'expliquer ou le prouver.

Je demandai à Rose si elle serait heureuse d'avoir un amant tel que Ferry. Elle me répondit qu'elle ne désirait pas un homme tant qu'elle m'avait. Enfin elle me dit que si elle consentait à sacrifier sa virginité à un homme, elle ne le ferait que pour me faire plaisir. Ferry ne lui était pas plus désirable que tel autre que je lui octroierais.

Il y a très peu de femmes qui connaissent le plaisir d'assister aux ébats amoureux d'un couple. Il y a aussi très peu d'hommes qui ne méprisent pas une femme qui se donne devant eux à un autre. Ferry et moi sommes de ces rares exceptions.

Il m'avait souvent demandé de me donner à un homme devant ses yeux. Je n'avais pu y consentir. Je dois avouer que je le soupçonnais de vouloir me quitter et qu'il cherchait une raison pour le faire. Je ne pouvais croire qu'il goûterait du plaisir à ce spectacle. Il me cita plusieurs exemples historiques, celui surtout de ce héros vénitien, Gatta Melatta, qui ne s'alliait avec sa femme que si celle-ci s'était auparavant abandonnée aux caresses d'un autre homme. Il décida donc d'enseigner l'amour à Rose, et je devais ensuite en faire autant avec un jeune homme.

J'eus beaucoup de peine à convaincre Rose de le faire. Elle se jeta dans mes bras, pleurait, disait que je ne l'aimais plus. Je dus lui prouver le contraire, je l'embrassai, la caressai, je lui dis tout ce que je trouvais de convaincant pour lui prouver qu'elle me ferait plaisir en accomplissant ce sacrifice. Au fond, je n'étais pas très convaincue moi-même, mais Ferry étant là, je n'osais pas reculer et je jouai mon rôle du mieux que je pus. A la fin, elle me parut convaincue et Ferry en profita aussitôt. Rose avait fermé les yeux et tremblait de tous ses membres. La petite rosse, elle ne voulait pas avouer combien je l'avais convaincue. Je vis tout cela le cœur gros, car bien que la jalousie ne fût pas mon défaut, je trouvais que c'était dommage et que Rose aurait été plus à moi si elle ne connaissait aucun homme et qu'en somme c'était la vraie raison de mon amour pour elle.

Cependant tout se passa le plus agréablement du monde, et depuis cette nuit je ne comprends plus du tout la jalousie des femmes. Il me semble que c'est beaucoup plus raisonnable et beaucoup plus naturel que ces choses ne se passent pas comme elles se passent dans les pays civilisés. La jouissance est augmentée par la présence d'une troisième personne. La volupté n'a pas seulement pour but la perpétuation de l'espèce ; le but de la nature est aussi la volupté, ceci est ma conviction.

Dès le lendemain, Ferry me rappela de tenir ma promesse. Il me garantit que personne ne le saurait. Je devais l'accompagner en voyage.

C'était au printemps, le temps était magnifique. Il me dit que nous quitterions le lendemain Budapest. Il passa toute cette journée avec moi, il avait déjà fait ses visites d'adieu, on pensait qu'il avait quitté Budapest depuis trois jours.

J'avais un congé d'un mois. Je voulais aller à Presbourg, à Prague, revenir par Vienne où je devais donner quelques représentations, je pensais être de retour en juillet.

Nous quittâmes Budapest un dimanche, à deux heures de la nuit. Nous évitions de prendre le chemin de fer ou le bateau à vapeur ; nous employions la voiture de Ferry ou la poste. Nous arrivâmes vers huit heures à Nessmely. Nous quittâmes alors la grande route, nous traversâmes Igmann et continuâmes notre voyage au sud-ouest. Nous arrivâmes vers midi dans la fameuse forêt de Bakony. Nous entrâmes dans une auberge au milieu de la forêt. La table était déjà dressée pour moi. Quelques hommes à sinistre figure étaient dans la cour et dans la chambre de l'auberge. Ils étaient armés de fusils, de pistolets et de casse-têtes. Je pensais que c'étaient des voleurs et j'étais un peu inquiète. Ferry s'entretenait avec eux en hongrois. Je lui demandai qui ils étaient ; il me répondit qu'ils étaient de pauvres diables. Il ajouta que je n'avais rien à craindre. L'après-midi, nous remontâmes dans notre voiture ; cinq hommes à cheval précédaient notre voiture, les autres étaient partis en avant.

Nous n'avancions plus aussi rapidement. Le chemin était défoncé, nous étions forcés d'aller un moment à pied. Enfin, nous arrivâmes au plus épais de la forêt. Ferry me proposa de faire une petite promenade, et la voiture se dirigea vers une maison que l'on voyait entre les arbres et qui avait l'apparence d'une auberge. Les brigands nous précédaient en écartant les branches. Au bout d'une heure, deux hommes vinrent à notre rencontre : l'un, de trente-quatre à trente-cinq ans, taillé en hercule, le visage sauvage et pourtant régulier ; l'autre, un adolescent de vingt ans, aussi beau qu'Adonis. Ils faisaient aussi partie de la bande. Ferry me les présenta ; puis il me dit que j'allais goûter l'amour avec ces deux hommes, que je n'avais rien à craindre d'eux, qu'ils ne savaient pas qui j'étais et qu'ils n'avaient aucune relation avec le monde extérieur.

Nous nous arrêtâmes dans une clairière. Une source assez profonde et large la traversait. L'hercule se mit à l'aise aussitôt ; le jeune homme rougissait, hésitait ; quand Ferry le lui eut commandé péremptoirement, il suivit l'exemple de son camarade. Ferry, me dit que je devais donner libre cours à mes sensations ; que plus je serais passionnée, plus je lui ferais plaisir. Je connaissais ses pensées comme si je les avais lues. Je voulais lui faire plaisir et je résolus d'être très dissolue. J'appelai les deux hommes. Je les tirais vers moi… Lorsque tout fut fini et tous furent calmés, ils me portèrent dans la hutte, où Ferry me coucha dans un lit.

Puis-je vous raconter comment s'écoulèrent les trois jours que je passai dans cette forêt ? Ferry avait congé. Je changeais tous les jours d'amants. Il y avait neuf brigands. Le troisième jour, nous célébrâmes une grande orgie, avec des paysannes, des femmes et des filles qui étaient venues. Agrippine aurait envié nos saturnales. Ces paysannes étaient aussi raffinées, adroites et voluptueuses que les dames de l'aristocratie de Budapest.

J'eus le temps de me reposer durant ma tournée. Rose m'accompagnait seule. Ferry me quitta après de tendres adieux. Il était temps de reprendre des forces, ces débauches m'auraient tuée.

Je n'ai rien à vous dire des deux années que je passai encore à Budapest, ni de mon engagement d'un an à Prague. J'appris à estimer ce proverbe français : « Ni jamais, ni toujours, c'est la devise des amours ».

14

A Florence

J'avais atteint ma vingt-septième année. Mes parents étaient morts dans l'intervalle d'une semaine, emportés par une épidémie. J'étais pour ainsi dire seule au monde. J'avais perdu de vue ma parenté. Ma vieille tante, chez qui j'avais logé à Vienne en débutant au théâtre, dura le plus longtemps ; elle mourut un an après que j'eus quitté Budapest. Ce cousin dont je vous ai parlé avait suivi la carrière militaire. Il avait perdu la mauvaise habitude de son enfance et était devenu un tel roué que les débauches le tuaient. J'avais beaucoup de chance d'un côté, pourtant j'avais dû supporter quelques durs chagrins. Je perdis mes deux premiers amants : Arpard A..., qui dut partir à Constantinople, où il avait un emploi à l'ambassade, et Ferry, qui émigra en Amérique. Avant ce départ, qui était forcé, il m'écrivit une longue et tendre lettre où il me jurait un éternel amour. Il m'écrivait qu'il voulait m'épouser si je le suivais en Amérique. Il n'osait plus rester en Europe, car il y risquait sa vie. Les bandits, dont quelques-uns avaient eu mes faveurs, furent arrêtés. Hercule et le bel adolescent finirent à la potence. Il ne me restait plus que Rose pour me rappeler les joyeuses journées passées à Budapest.

Je ne veux pas vous parler de ma carrière artistique. Ceci ne vous intéresse pas ; si vous voulez la connaître, vous n'avez qu'à ouvrir les journaux, ce que vous avez sûrement fait.

Dans une grande ville d'Allemagne, je fis la connaissance d'un imprésario italien, qui m'avait entendue chanter dans un concert et dans un opéra. Il me rendit visite chez moi et me fit la proposition de le suivre en Italie. Je parlais parfaitement l'italien. Il me dit que pour pouvoir concourir avec les plus célèbres cantatrices d'Italie, il ne me manquait que l'habitude des immenses scènes de San Felice, de la Scala ou de San Carlo. Si j'avais du succès en Italie, mon avenir était assuré ; j'avais la gloire. Je devais débuter au théâtre Pergola, à Florence. Je n'hésitai pas longtemps ; je signai un engagement de deux ans ; j'avais un gage de trente mille francs et deux soirées à mon bénéfice.

En Italie, j'avais moins à risquer que partout ailleurs où j'avais déjà chanté. Personne ne s'occupe de la conduite d'une femme non mariée. Cette apparente vertu féminine, qui est tant en honneur dans le reste de l'Europe, n'a aucune valeur en Italie. On l'exige plutôt d'une femme mariée que d'une fille. Je trouve ceci très raisonnable, et quand une dame qui a déjà connu toutes les nuances de l'amour veut se marier, les Italiens ne s'occupent pas de sa vie passée, ils ne sont pas tant scrupuleux. Aucun homme ne compte sur une vierge si la fiancée a plus de quinze ans.

A vingt-sept ans, j'atteignais l'apogée de ma beauté. Ceux qui m'avaient connue à Vienne ou à Francfort me certifiaient que j'étais beaucoup plus belle qu'à vingt ou vingt-deux ans.

J'avais une nature robuste et puissante. Mon tempérament

était de fer, mais j'avais la force de maîtriser mes désirs quand je voyais que les plaisirs de l'amour attaquaient ma santé. A Francfort, j'avais passé deux années de chasteté ; après avoir quitté Budapest, je restreignis même mes relations avec Rose. Celle-ci ne me provoquait jamais. Elle semblait partager tous mes sentiments. Notre accord était aussi parfait que celui des deux jumeaux siamois. Je tenais un journal. Comment pourrais-je, si je ne l'avais pas fait, vous raconter ainsi ma vie dans tous ses détails ! En feuilletant, j'y trouve qu'après ma liaison avec Ferry, qui dura dix mois, je partageai, dans l'espace de cinq ans, soixante-deux fois les plaisirs avec Rose, en moyenne une fois par mois. N'est-ce pas le « nec plus ultra » de la tempérance ? Et durant cette époque, je n'accordai pas la moindre faveur à un homme. J'étais en bonne santé, je vivais bien, je soignais mon corps et ne commettais aucun excès.

A Florence, je fis la connaissance d'un homme très intéressant, de cet Anglais dont je vous ai déjà parlé. Ce n'était plus un jeune homme, il comptait déjà cinquante-neuf ans. Je pouvais parler de tout avec lui, il était un parfait épicurien et étudiait la nature humaine ; ses opinions s'harmonisaient avec les miennes. J'appris à mieux me connaître, grâce à lui. Il m'expliqua bien des choses dont je n'avais pas la clé. Je savais depuis longtemps que la nature de la femme est tout autre que la nature de l'homme, mais je n'avais pu deviner pourquoi. Il m'en donna les raisons physiologiques et psychologiques. Sa philosophie était simple et claire ; il était impossible d'affaiblir ses principes, basés sur la raison. Il n'était pas du tout cynique ;

dans la société, on le prenait pour un homme très moral, bien qu'il ne feignît aucune vertu. Il me faisait doucement la cour, non pas pour atteindre ce que tout homme convoite, mais parce que j'étais capable d'écouter et de comprendre ses paroles. Pourtant, je remarquais qu'il aurait été très heureux de me posséder corporellement. Ceci est naturel. Je ne suis pas un Narcisse féminin, mais j'ai conscience de mes qualités physiques et spirituelles ; je n'ai qu'à me regarder dans un miroir et à comparer ma beauté à celle des autres femmes. Vous m'avez avoué vous-même que vous n'avez jamais vu un corps féminin aussi bien proportionné que le mien, et ceci bien des années après ma connaissance avec sir Ethelred Merwyn.

J'étais piquée d'entendre l'Anglais faire continuellement ma louange, sans jamais essayer d'attaquer mon cœur ou quelque chose d'autre, – on dit cœur par euphémisme. Ma coquetterie était vaine. Il m'avait tout expliqué ; mais je voulais encore savoir pourquoi il se faisait stoïque avec moi.

Un proverbe dit : « Si la montagne ne vient pas vers Mohamed, Mohamed doit aller vers la montagne. »

Sir Ethelred était la montagne et si je voulais obtenir mon explication, je devais être le prophète.

— Je vous permets pourtant tout, sir Ethelred, lui dis-je une fois ; pourquoi ne dépassez-vous jamais, quand vous me faites la cour, les limites de la plus stricte amitié ? Vous avez été un grand Lovelace, ainsi que vous me l'avez dit ; je sais même que vous faites encore plus d'une conquête.

— Vous vous trompez, madame, je ne fais plus de conquête, me répondit sir Ethelred. Vous n'allez pas croire que ce qu'un vieillard change contre de l'or soit des conquêtes.

— Je ne parle pas des lorettes et d'autres femmes légères. Vous ne répondez qu'à une partie de ma question. Me prenez-vous pour une coquette sans cœur, qui s'enorgueillit de vous enchaîner à son char de triomphe ? Pensez-vous que vous ne pouvez pas inspirer de l'amour à une femme de mon âge ?

— Je crois que c'est possible. Si vous m'accordiez vos faveurs, vous le feriez par pitié et non par amour. Ça serait tout au plus un désir maladif. Vous n'avez connu que des hommes jeunes. Vous voudriez me voir ridicule.

— Vous êtes injuste envers vous-mêmes et envers moi. Je vous ai déjà raconté que j'ai connu un homme qui dédaignait toute conquête qui ne venait pas s'offrir volontairement. Êtes-vous aussi vaniteux et exigez-vous quelque chose de semblable de la femme ? Mais vous ne risquez rien si vous recevez une réponse défavorable, puisque vous pouvez la mettre sur le compte de votre âge. Tandis qu'une femme se sent fort humiliée si vous jouez auprès d'elle le rôle du chaste Joseph. Trop de timidité et de modestie ne vont pas à un homme.

— Mais il lui sied encore moins de faire dire de soi qu'il est un vieux faune.

— Vous êtes encore bel homme et vous possédez des qualités, qui font oublier vos ans. Voyons, si, méprisant les préjugés de mon sexe, je vous disais que vous pouvez tout oser, tout espérer de moi, tout exiger, ne vous décideriez-vous pas à accepter ces faveurs inespérées ?

— Ceci est impossible. Vous ne le ferez jamais.

— En tout cas, vous pouvez me dire si vous me refuseriez oui ou non ?

— Je serais fou de refuser ; j'accepterais, dit sir Ethelred.

— Mais vous me mépriseriez au fond du cœur, comme une hétaïre ou une Messaline ?

— Pas du tout. Le goût et les caprices d'une femme sont innombrables. Je vous aimerais et cet amour me rendrait le plus heureux des mortels.

Il était en pleine contradiction avec ce qu'il venait d'affirmer. Je m'étais approchée de lui, je mis ma main sur son bras et le regardai avec tant de douceur qu'il aurait dû être de pierre pour résister. Je déteste la coquetterie tant qu'elle n'est pas une arme de conquête ou de vengeance. Sir Ethelred avait toujours été mon ami, je n'avais aucune raison de me venger. Je ne veux pas dire non plus que je l'aimais ; mais il était possible que des relations plus intimes réveillassent ce sentiment. Je le poussai tant qu'il oublia tous ses principes, tomba à mes pieds, embrassa mes genoux et mes pieds, et devint plus entreprenant. Je n'opposais aucune résistance, je le laissais faire.

Il me serra ensuite dans ses bras.

— Doutez-vous encore ? lui dis-je tendrement.

— Je crois rêver. Je n'osais espérer un tel bonheur. Je ne le comprends pas encore. Je suis votre esclave, je ne vous refuserai rien.

Puis tout se passa d'abord le mieux du monde, ensuite sa

façon de se comporter m'épouvanta. J'ai entendu dire que certaines personnes étaient frappées d'une attaque dans une telle situation ; cela arrive plus souvent aux hommes qu'aux femmes. Cela doit être terrible de serrer un cadavre dans ses bras.

Sir Ethelred semblait avoir deviné mes pensées. Descendus au jardin, nous causâmes sur ce sujet.

« Mon Dieu, ne savez-vous donc, pas à quelles aberrations une passion excessive mène ? Il y a eu beaucoup de cas où des hommes ont violé des cadavres. La loi ne sévirait pas, si cela n'existait pas. Je ne sais pas si cela arrivait jadis plus souvent qu'aujourd'hui ; aujourd'hui, cela se passe encore. Durant les guerres de Napoléon, cette passion eut même de sérieuses suites pour la victime. Peu de jours avant la bataille d'Iéna, un officier fut logé chez un pasteur protestant. La fille du pasteur venait de mourir, c'est-à-dire que le médecin qui la soignait venait de remplir son bulletin de mort. Ce n'était qu'un cas aigu de catalepsie. La fille devait être enterrée après le départ des soldats. L'officier, séduit par la beauté du cadavre, le viola. L'électricité réveilla la jeune fille. Qui connaît donc le galvanisme de cet acte ? Elle conçut même. Ses parents furent très agréablement surpris de la trouver éveillée le lendemain matin. Elle devint mère et ne connaissait même pas le père de son enfant, un garçonnet robuste et fort bien fait. La chose s'expliqua plusieurs années plus tard, quand l'officier repassa par hasard dans ce village. La chose fit beaucoup de bruit. MM. les soldats avaient plusieurs cas semblables sur la conscience. Quand on en surprenait un en flagrant délit, il s'excusait en disant qu'il l'avait fait par pure humanité, afin de ressusciter la fille. Naturellement, aucun ne réussissait, car ces cas de catalepsie sont excessivement rares et le moyen n'est pas toujours efficace. Le viol des cadavres est encore très fréquent, il est plutôt pratiqué par des personnes de l'aristocratie que par des personnes du peuple. Parmi toutes les histoires que je connais, je vais vous raconter celle du ministre autrichien, le prince de S... Il se faisait amener tous les morts de l'hôpital dans son appartement, soi-disant pour faire des études anatomiques, car il était dilettante de médecine. Les médecins découvrirent qu'il violait ces cadavres, car une fois le cadavre d'une vierge ne rentra pas intact à l'hôpital.

Cette passion est très dangereuse pour celui qui s'y adonne, elle peut même être mortelle. Les poisons qu'un cadavre sécrète sont très violents. Ce danger est encore plus grand dans les pays chauds, car les cadavres s'y décomposent plus rapidement. Ce vice est très répandu en Italie ; le climat est très énervant et l'Italien fait usage de tout pour assouvir ses passions. L'onanisme, la sodomie et le viol des cadavres sont très développés ici. Oui, on assassine sur commande et on apporte les victimes palpitantes à des débauchés. Le procès d'un fabricant de salami a fait beaucoup de bruit ces derniers temps. Non seulement il assassinait ses victimes, mais il les violait avant ou après. Quand une femme est exécutée en Italie, ce qui n'est pas très rare dans les Etats de l'Eglise, on peut être sûr que vingt-quatre heures après son cadavre a été violé ; si bien que des maris qui n'avaient pas été cocus du vivant de leur femme le sont après sa mort. Cela se passe également en France et en Angleterre, tout particulièrement à Londres, où la police est mal organisée et très faible. Le plus grand crime que l'homme puisse commettre, c'est de se mutiler soi-même ; avez-vous jamais entendu dire que la loi l'en punisse ? »

Ce que sir Ethelred me racontait me remplissait d'effroi. Tous ces crimes le laissaient indifférent. D'après lui, l'auto-mutilation et le viol des cadavres étaient des habitudes dange-reuses ; seulement, si elles nuisaient à celui qui s'y adonnait, la loi ne devait pas punir l'automutilation, ni le viol des cadavres, ni le suicide ou plutôt la tentative de suicide ; les lois ne pu-nissent que les actes qui attaquent la volonté, la santé ou le bien des autres. »

Tout ce qu'il me racontait me faisait trembler, ces crimes étaient trop lugubres, je ne pouvais y croire.

— Il me serait facile de vous convaincre de la véracité de ces choses si je ne craignais de vous voir changer de senti-ments à mon égard. Il me suffirait de vous mener dans les endroits où ces choses s'accomplissent.

— Quoi, ici, à Florence ?

— Non, pas ici, mais à Rome, me répondit sir Ethelred. Vous y irez comme en tournée.

— Bon. Je vous promets que mon amour ne s'en ressentira pas et que j'aurai assez de force pour assister avec calme à ces choses. Mais vous devez me promettre que je ne devrai pas y prendre activement part, ni qu'un assassinat aura lieu devant moi. Je ne voudrais pas non plus voir de ces tortures qui mutilent pour toujours les victimes. Ces dernières doivent s'offrir volontairement ; car je ne voudrais pas assister à ces horreurs décrites dans le livre de Sade.

Une passion maladive et fiévreuse s'empara de moi ; j'étais inquiète, et Dieu sait où elle m'aurait poussée, si les actes que je devais bientôt voir n'avaient éloigné de moi ces envies. Je vais tout vous raconter, j'espère que vous ne me condamnerez pas. Si jamais nous nous rencontrons, vous m'expliquerez, au contraire, ces choses.

Le temps passait très vite en compagnie d'un aussi galant homme. Nous étions très tempérants quant à l'amour. Il était toujours prêt à de nouveaux jeux, mais je craignais pour sa santé. Je l'aimais trop pour ne pas vouloir lui épargner une humiliation.

Nous allâmes à Rome et sir Ethelred tint parole le troisième jour. Il dut payer une immense somme pour pouvoir contenter ma curiosité.

La veille au soir, il y avait eu deux exécutions au garrot. Un brigand des Abruzzes et sa femme, une ravissante personne, furent étranglés place Nacona. Sir Ethelred avait loué une fenêtre proche de la potence. A travers ma lorgnette, je pouvais suivre tous les mouvements musculaires du visage de ces deux malheureux ; je souffrais cruellement. Je ne pouvais oublier ces deux visages d'épouvante. Sir Ethelred lisait dans mes pensées, il me dit :

« Vous les reverrez encore. »

Je restai quinze jours à Rome. La fin de mon séjour fut troublée par la mort subite de mon ami. Il mourut de la malaria, cette terrible épidémie qui a déjà fait tant de victimes. Je ne l'abandonnai point jusqu'à son dernier souffle ; je lui fermai les yeux. Dans son testament, il me léguait toute sa fortune, ses pierreries et ses antiques qu'il avait collectionnés dans ses voyages.

Cette mort inattendue me dégoûta de l'Italie et je fus heureuse de signer un engagement avec un imprésario qui m'emmenait à Paris, à l'Opéra-Italien.

15

A Paris

A mon arrivée à Paris, les deux cas qui révolutionnaient l'opinion vous sont sans doute connus, quoique les journaux les aient incomplètement racontés à cause du scandale des débats. Les assises étaient pourtant publiques, j'y ai vu des dames de la plus haute aristocratie et des demi-mondaines.

Mes aventures à Paris ne sont pas fort différentes de ce qu'elles ont été dans toutes les autres villes. Je vais donc vous raconter ce que j'ai pu apprendre sur ces deux affaires. Les procès se firent en même temps, bien que les crimes n'eussent pas eu lieu à la même date. Un aristocrate était incriminé dans l'une d'elles, sa famille avait tout fait pour étouffer l'affaire ; elle y aurait réussi si de nouveaux témoins n'étaient venus et si les journaux n'avaient fait beaucoup de bruit autour de la deuxième affaire. L'inculpé était un homme du peuple, il fut tout de suite emprisonné et jugé. Dans la première affaire, on releva non seulement viol, mais aussi assassinat et non seulement sur une, mais sur plusieurs personnes. L'assassin et le violateur étaient deux individus différents, mais ils étaient en étroits rapports.

Au faubourg Poissonnière vivait un charcutier célèbre par la qualité de ses pâtés. Sa boutique ne désemplissait pas. Le peuple racontait beaucoup de bêtises sur la fabrication de ces pâtés, et le bruit se répandit qu'il employait de la chair humaine.

Une perquisition eut lieu, on découvrit qu'il n'employait pas de la viande ordinaire, mais que c'était de la viande animale : il employait des chiens, des chats, des écureuils, des moineaux, etc. Chaque fois que la célébrité de ces pâtés reprenait, des bruits infâmes recommençaient à circuler. A la longue, la police n'y prit plus garde et même le public s'en lassa.

Environ dix-huit mois avant mon arrivée à Paris, on avait arrêté un coiffeur pour avoir coupé la gorge à un de ses clients. Les recherches permirent d'établir qu'il avait déjà commis plusieurs assassinats et qu'il vendait les cadavres à son beau-frère, qui était charcutier. La chair des cadavres était hachée, la complicité du beau-frère n'était pas sûre. A l'interrogatoire, l'accusé dit que l'un de ses confrères en faisait tout autant et qu'en plus il poursuivait un double but : car, premièrement, il fournissait les cadavres des jeunes filles impubères à un grand débauché, qui en abusait ; ensuite, il les revendait une seconde fois au pâtissier. Le procureur général incrimina le débauché, mais celui-ci, qui avait été présent à l'interrogatoire du coiffeur, eut le temps de faire disparaître toutes traces de complicité. On découvrit des traces de sang et des os dans la cave du deuxième coiffeur, mais on ne put établir nettement son crime. On le laissa en liberté et il n'en fut plus question.

Six semaines avant mon arrivée, un agent des mœurs surprit un employé de la morgue en train de violer le cadavre d'une jeune fille repêchée dans la Seine. L'homme fut condamné à dix ans de galères. Cette condamnation fut trouvée trop forte par le public et les journaux, et la Cour de cassation la commua en deux ans de travaux forcés.

Cette deuxième affaire réveilla la première, car les journaux firent beaucoup de bruit autour du coiffeur-charcutier. Celui-ci, qui se croyait à l'abri de toute nouvelle poursuite, protégé comme il était par son client, avait oublié toute prudence. Un beau jour, la police perquisitionna chez lui et découvrit le cadavre d'une petite fille de dix ans. L'examen médical établit que la fillette avait été violée, mais il ne put fixer si elle l'avait été avant ou après l'assassinat.

L'assassin fut condamné à la guillotine ; le condamné nia d'avoir des complices devant la Cour de cassation ; quand il vit que rien ne pouvait le sauver, il avoua qu'il fournissait le cadavre des fillettes égorgées au duc de P..., qui les lui payait vingt napoléons d'or pièce. Il dit encore que c'était le duc qui l'avait poussé à attirer des fillettes dans sa boutique pour les assassiner. Le duc fut incriminé dans l'affaire, il nia énergiquement toute complicité. Le viol des cadavres était évident et il savait que les filles étaient assassinées. Son avocat fut assez adroit pour ne le faire accuser que de viol, sa condamnation fut petite en comparaison de l'immensité de son crime. Le coiffeur était un ancien valet de chambre du duc, tout le monde était convaincu de sa complicité.

J'appris par hasard à connaître une demi-mondaine. C'était la maîtresse du prince russe D..., une femme d'une rare beauté et très bien conservée pour son âge. Elle avait au moins trente-trois ans ; je lui en aurais à peine donné vingt-cinq.

Son amant dépensait des sommes folles pour elle. Il me fit un brin de cour, je n'aurais eu qu'un mot à dire pour le capter. Je lui dis rondement qu'il devait laisser toute espérance. Grâce à la largesse de mon ami défunt, je possédais une respectable fortune. Le Russe me déplaisait, il était très laid, avait passé la cinquantaine, il portait une perruque et se teignait la moustache. J'ai toujours méprisé les hommes qui tâchent de cacher leur âge. Sir Ethelred avait les cheveux gris, mais il aurait eu honte de porter une perruque.

A Paris, j'eus encore meilleure opinion des Hongroises. J'en rencontrai quatre, Mathilde de M. ..., une fille naturelle du prince O..., vendue par sa mère à un riche cavalier. Elle s'émancipa et se maria avec un riche banquier parisien. Sarolta de B..., ma collègue du Théâtre Lyrique, qui devint mon amie intime. Nous nous décidâmes à aller ensemble à Londres et à nous engager au théâtre du Covent-Garden. Sarolta n'était pas ma rivale, elle ne jouait que dans les opéras lyriques. Elle était charmante et encore très naïve. Elle jouait avec les hommes sans rien leur accorder. Elle craignait aussi de devenir mère. La troisième était une certaine Mme de B..., la femme d'un colonel hongrois. Il vivait avec elle en bigamie, car il n'était pas divorcé de sa première femme. Quand il apprit l'arrivée de cette dernière, il s'enfuit à Constantinople et embrassa l'islamisme. La quatrième s'appelait Jenny K..., et elle était la fille d'un avocat de Budapest. Elle et ses trois sœurs vivaient du marchandage de leurs charmes. Elles avaient commencé le métier à bas prix. Un comte s'amouracha de Jenny et la mit ainsi à la mode. Jenny eut beaucoup de chance et vint avec ses sœurs à Paris. Elles comptaient parmi les dames les plus élégantes de la bohème dorée. Un cavalier italien, le marquis M. ... épousa plus tard Jenny, sans la garder longtemps, car il mourut après deux ans. Jenny lança alors son filet sur un prince souverain, qui la mena à l'autel.

16
A Londres

Sarolta et moi, ainsi que je vous l'ai dit dans le précédent chapitre, avions décidé d'aller à Londres. J'avais vécu assez simplement à Paris. J'étais très prudente en amour et je ne négligeais jamais d'employer les préservatifs dont je vous ai parlé.

Avant de vous parler de mon séjour à Londres, je dois vous parler de l'homme qui m'aurait rendue malheureuse sans votre aide, mon très cher ami. Je vous ai déjà tout raconté oralement, il est donc inutile de vous le raconter par écrit. Je n'ai jamais rencontré un homme aussi têtu. Je fis sa connaissance trois mois après mon arrivée à Paris. Il avait le renom d'être le plus grand roué de la capitale de la France. Malgré ma froideur, il me poursuivait partout, il vint même à Londres, où il se logea vis-à-vis de chez moi. Je crus d'abord qu'il était fou, puis qu'il m'aimait démesurément, jusqu'à ce que je reconnusse, pour mon malheur, que toute sa conduite n'était que vanité et vengeance. Mais il était trop tard. Je ne veux plus parler de lui, son souvenir m'est haïssable. Je l'aimais, jusqu'à ce qu'il me trahît doublement : d'abord en me faisant négliger ma prudence habituelle, puis en me contaminant. A Londres, il n'osait pas me poursuivre ouvertement, car j'aurais pu appeler l'aide de la police, et il n'osa pas m'attaquer, comme il le fit plus tard dans un autre pays et dans d'autres circonstances.

Nous louâmes, Sarolta et moi, un coquet appartement à Saint-James Wood, dans les environs immédiats du Regent's Park. C'était au commencement de la saison. Le temps est magnifique au mois d'avril. Notre cottage était entouré d'un petit jardin avec quelques arbres fruitiers, une charmille et des chemins soigneusement râtelés. Nous nous y promenions tous les matins après le lunch. Parfois nous restions dans notre chambre, qui avait une très belle vue sur le Regent's Park.

Un matin, Sarolta était dans ma chambre et nous mangions du gâteau la fenêtre ouverte. Nous en jetions les miettes aux rouges-gorges, qui venaient les picoter jusque dans notre main. Une faible brise agitait les arbres, le parfum des lilas nous enivrait. J'étais en chemise et je m'appuyais sur l'épaule de Sarolta.

« Regarde donc, me dit celle-ci, n'est-ce pas étrange de voir un monsieur aussi élégamment mis en compagnie de cinq ou six vauriens ? »

Et elle me montrait du doigt un massif de verdure du Regent's Park.

Je regardai et je vis un monsieur qui tenait par la main deux petites filles misérablement vêtues et pieds nus. Il les mena dans un endroit que je connaissais bien et qui était un des plus retirés du parc. Je compris immédiatement que c'était un débauché qui voulait séduire ces pauvres enfants, ce qui n'est pas rare à Londres.

Je fis signe à un agent de ville qui passait justement et je lui dis ce que je venais de voir. L'agent se précipita vers l'endroit indiqué et disparut dans la verdure. Bientôt il réapparut en compagnie du monsieur, dont la toilette était légèrement en désordre. Je pris ma lorgnette et je suivis des yeux ce qui se passait dans le parc. L'agent se disputait avec l'homme, les petites filles étaient tout autour, des enfants de cinq à neuf ans ; elles aussi parlaient fiévreusement. L'une d'elles alla vers la plus petite et désigna le monsieur. Elle aurait poussé plus loin sa démonstration si le sergent de ville ne l'en avait empê-chée. Un groupe se forma, j'entendis des promeneurs crier : « Take him in charge. (Arrêtez-le.) » Un second agent arriva et le groupe s'éloigna dans la direction du poste de police de Marylebone.

Quelques jours plus tard, nous lûmes le nom de ce gent-leman dans le journal. L'agent qui l'avait arrêté et les petites filles étaient les témoins à charge. Le cas était assez intéressant. Nous assistâmes aux débats. Ce que les petites racontaient était assez piquant. L'accusé ne fut pourtant pas condamné. C'était un riche commerçant. Il se retira, après avoir été vertement semoncé par le juge.

Les lois anglaises, la justice et le public en général sont assez coulants à cet égard. Je me souviens de bien des cas où j'aurais décidé tout autrement que les juges anglais. C'était un de mes passe-temps favoris que de lire les rapports policiers et particulièrement les délits de mœurs. Un jeune Français qui était légèrement gris prit un baiser à la fille de sa patronne. Il fut condamné à six semaines d'arrêt. Une forte peine pour un baiser.

Les tribunaux sont surtout coulants avec les ecclésias-
tiques. Un pasteur avait deux jeunes filles en pension. Il leur
apprit toutes sortes de choses immorales. Il les prenait dans
son lit, etc., etc., et fut condamné par les jurés aux travaux
forcés. L'évêque de Canterbury le prit sous sa protection et le
procès fut révisé. Les deux fillettes durent comparaître ; l'une
avait douze ans, l'autre sept. Les questions posées troublèrent
ces pauvres enfants. Elles furent facilement convaincues de
culpabilité. Comme si deux enfants pouvaient séduire un
homme mûr ! Elles furent envoyées dans la maison de correc-
tion de Hollowey, tandis que le véritable coupable, le révérend
Hatchet, fut libéré. Oui, et parce qu'il avait été deux ou trois
semaines en prison, il fut considéré comme un martyr. On fit
une quête en sa faveur et il reçut un bon presbytère.

Vous connaissez mes opinions sur ce point, sur ce qu'on
nomme débauche ; vous savez que je ne suis pas d'accord avec
l'opinion du plus grand nombre. Je crois que chacun, homme
et femme, est libre de faire ce qu'il veut avec son corps tant
qu'il ne porte pas atteinte à la liberté d'autrui. Il est punissable
d'employer la violence, de séduire par des promesses, par
l'excitation des sens ou grâce à des narcotiques qui aliènent la
volonté. Tant que j'ai goûté l'amour et pratiqué toutes les espèces de volupté, je n'ai jamais obligé personne à se soumettre
à ma guise. Je vous ai raconté comment Rose est devenue mon
amie ; elle l'est encore.

Je restai trois années à Londres. Mon engagement n'était que pour deux ans, mais je le renouvelai, car je m'y plaisais beaucoup. Pendant mon séjour, je lus assidûment les journaux. Je vis que les hommes étaient partout les mêmes, que les désirs et les passions poussaient à des vices et excusaient aussi bien l'acte sexuel normal que les relations maladives et perverses entre personnes du même sexe.

En France, en Italie, et probablement aussi en Allemagne, des crimes se commettent, tout comme à Londres, par volupté.

Le cas le plus terrible est celui d'un jeune Italien nommé Lanni avec une fille de joie. Il avait étranglé la fille au moment de l'extase. Des juristes anglais m'ont dit que si Lanni n'avait pas dépouillé sa victime, car il lui avait volé ses bijoux, sa montre et son argent, et que s'il n'avait pas acheté un billet pour filer à Rotterdam, ce qui faisait présumer que le crime était prémédité, il n'aurait pas été poursuivi pour assassinat et condamné à mort. La strangulation d'une fille de joie au moment de l'extase est assimilée aux meurtres par imprudence et n'est pas punie de mort.

Comme la peine de mort n'est pas graduée, il est terrible qu'elle soit si souvent appliquée. Elle n'est pas juste. Ce Lanni était beaucoup plus coupable qu'un de ses compatriotes, qui tua, dans un moment de jalousie et de rage, son rival au moment où il sortait du lit de son adorée. Il essaya de se tirer un coup de revolver dans la tête, mais ne se fracassa que la mâchoire. On le soigna avec les plus grands soins pour lui conserver la vie ; ensuite, on le pendit. Ceci est cruel et barbare.

Je clos cette liste déjà trop longue des criminalités londo-niennes pour vous raconter mes aventures personnelles.

Je rencontrai à Londres une ancienne collègue, Laure R..., qui eut plus tard beaucoup de chance : un des plus riches cavaliers d'Allemagne, le comte prussien H..., s'en éprit, en fit sa maîtresse et l'épousa ensuite. H... n'était plus très jeune ; il lui laissa après sa mort une fortune estimée à plusieurs millions d'écus. Elle acheta une des plus grandes propriétés de Hongrie dans les environs de Pressbourg.

Sarolta n'eut pas le succès qu'elle escomptait. Elle quitta Londres au mois d'août. Je restai donc seule avec Rose. On m'invitait dans le monde le plus fashionable, mais je m'y ennuyais ; j'aurais voulu connaître la vie de la bohème dorée de Londres. Par bonheur, je retrouvai une lettre d'introduction de mon ami défunt chez une de ses cousines qui habitait le faubourg de Drompton. Je lui envoyai la lettre de sir Ethelred et ma carte de visite et reçus une invitation pour le soir même.

Mrs. Meredith – c'était son nom – était âgée de quarante-cinq à quarante-huit ans. Elle avait dû être très belle et avait dû jouir de la vie, car elle était assez fanée, ses cheveux étaient gris et son visage était sillonné de rides. Elle se poudrait beaucoup. Elle était philosophe, de la secte des épicuriens. Elle était très bien reçue partout, car elle avait beaucoup d'esprit et une bonne humeur inépuisable. Elle était en outre très aimable et assez riche pour faire des soirées chez elle. Ces soirées se composaient de personnes du même esprit, et bien des dames avaient un renom équivoque, quoiqu'elles fussent toutes de l'aristocratie. Malgré la liberté d'esprit et de conduite qui régnait dans ce cercle, ces soirées ne se déchaînaient jamais en orgies.

Malgré notre différence d'âge, nous devînmes bientôt de bonnes amies. Je lui avouai quelles relations j'avais eues avec son cousin. Elle me loua beaucoup de l'avoir favorisé de mon amour. Elle me fit entendre que sir Ethelred lui avait parlé de notre liaison, mais sans lui dire mon nom, car il était très discret. Meredith parlait très librement de toutes les choses. Elle me dit qu'elle n'avait pas encore renoncé à l'amour, mais que ça lui coûtait beaucoup d'argent.

« Mon Dieu ! disait-elle, je fais comme les vieillards qui achètent l'amour des jeunes femmes. Ceci ne déshonore jamais l'acheteur ; mais tout au plus celui qui échange le plus grand bien contre le moindre. »

Comme elle allait partout, j'eus une belle occasion d'apprendre ce qu'il y avait de remarquable à Londres. Les Anglais sont très tolérants vis-à-vis des gens du théâtre et de la bohème. Ils ne les reçoivent pas dans leur société, ou alors, s'ils les invitent, ils les traitent comme des automates ; ils sont très polis envers eux, mais quand le concert est terminé, ils ne les connaissent plus. Mais si un cavalier épouse une femme de la rue, on oublie aussitôt son passé, on la traite en grande dame, et si elle est l'épouse d'un lord, elle peut même assister au lever de la Reine. Je connais trois de ces dames, lady T…, la marquise de W… et lady O…

Certains locaux ne sont pas fréquentés par ces dames de la rue, ainsi les bals de Canterbury hall, Argyll Rooms, Piccadilly Salon, Halborn Casino, Black Eagle, Callwell et beaucoup d'autres. Ces nymphes, quoiqu'elles soient inscrites comme prostituées à la police, ne sont pas les parias de la société, comme sur le continent. Elles sont protégées par les lois si quelqu'un les insulte en leur donnant un titre déshonorant. Elles ne sont pas aussi déclassées qu'ailleurs. Elles ne s'appellent pas filles de joie, mais dames indépendantes. Il y a des locaux où elles tiennent des réunions et où tout le monde n'est pas admis, par exemple chez Mrs. Hamilton, Oxendo Street. Il faut être présenté par une de ces dames.

Mrs. Meredith me raconta ses aventures dans ces locaux et me demanda si j'avais envie d'en visiter quelques-uns en sa compagnie. J'acceptai immédiatement. Nous les visitâmes tous. J'eus l'occasion de faire des observations sur le caractère de ces filles ; les Anglaises de cette caste sont beaucoup plus dignes que les filles des autres pays. Il y a aussi des femmes tout aussi débauchées qu'ailleurs, qui sont prêtes à faire tout pour de l'argent ; il y a aussi des femmes de marbre qui dépouillent les hommes, des femmes qui n'ont plus aucun sentiment, plus de sensibilité ; mais en général, les prostituées anglaises sont moins insolentes que les françaises ; et même à Londres, elles sont bien différentes des françaises et des allemandes. Je dois avouer à ma honte que les prostituées allemandes sont les plus communes, les plus vulgaires de toutes. Elles doivent l'être, car elles sont moins belles que les anglaises et leur insolence force les hommes que leurs charmes ne peuvent attirer. On les reconnaît de loin à leur toilette tapageuse et à leur lourde démarche.

Mrs. Meredith possédait aussi une très belle campagne à Surrey, guère plus éloigné de Londres que Richmond. Elle y invita quelques jeunes prêtresses de Vénus. J'y vins moi-même en compagnie de Rose, qui malgré ses vingt-six ans était aussi belle que lors de notre rencontre. Notre société féminine comptait quarante à cinquante personnes ; la fête devait durer trois jours.

« Nous allons voir, disait Mrs. Meredith, si nous ne pouvons pas nous passer des hommes. »

Une large rivière traversait le jardin de Mrs. Meredith ; elle n'était pas navigable ; par endroit, nous pouvions la traverser à pied. Le jardin était entouré d'une haute muraille et les bords de la rivière étaient plantés de saules pleureurs. Ils faisaient comme un rideau ; nous étions à l'abri de tout œil indiscret. Nous pouvions faire tout ce que nous voulions.

Le lit de la rivière était du sable le plus fin. Nous étions presque toujours dans l'eau, comme des canards ; nous nous amusions, nous barbotions ; j'étais la plus adroite nageuse. Dois-je vous dire tout ce que nous fîmes ensemble ? Il y aurait trop à raconter et ma lettre serait deux fois plus longue, et je ne pourrais pas tout vous décrire. J'y renonce. Cependant je dois dire que quelques dames prétendaient même n'avoir jamais goûté telle volupté dans les bras d'un homme. Je comprends d'ailleurs pourquoi les Turques ne s'ennuient jamais dans leur harem et qu'elles ne peuvent pas être malheureuses en attendant leur tour de partager la couche de leur sultan. Déjà, la conscience de savoir que cette étreinte n'expose à aucune suite dangereuse rehausse beaucoup le plaisir.

Aucune de nous ne s'amusa autant que notre hôtesse. Le cinquième jour nous rentrâmes toutes à Londres, où mes devoirs m'appelaient.

J'aurais pu gagner d'immenses sommes à Londres si j'avais voulu faire la conquête des hommes. Lord W..., un fanatique de musique, qui dépensait des sommes folles avec toutes les actrices, me fit faire les offres les plus séduisantes, par l'entremise de ses connaissances masculines et féminines. Je les refusai, comme toutes celles qui me furent faites en Angleterre, et malgré ma liaison avec Mrs. Meredith, j'avais le renom d'être inabordable. Une dame qui m'invita au mariage de sa fille complimenta ma vertu autant que mon chant. Elle me parla aussi de Mrs. Meredith.

« Cette bonne dame, disait-elle, a un renom assez équivoque. Vous l'ignorez sans doute. Je crois que vous avez connu son cousin, si Ethelred Merwyn. On m'a même raconté qu'il a été votre amant. Il vous a recommandé sa cousine ? Il ne savait pas qu'elle était débauchée. D'ailleurs, cela ne doit pas vous toucher, vous n'avez pas besoin d'en prendre note. »

Que l'opinion du monde est fausse ! Sir Ethelred un stoï-
cien ! Moi seule j'aurais pu le dire, car aucune femme ne le
connaissait comme moi !

J'avais pris un garçon hindou à mon service ; il était d'une
grande beauté ; il avait à peine quatorze ans. Je le pris parce
qu'il me plaisait beaucoup. Il était mon esclave ; son dévoue-
ment était sincère. Je le voyais souvent les yeux clos, perdu
dans ses pensées et dans ses rêves.

Je n'ai plus rien à vous dire. Vous connaissez déjà tout ce
qui m'arriva plus tard. Je vous l'ai raconté oralement, quand
nous avons fait connaissance. Cette lettre est donc la dernière.

Table des matières

PREMIÈRE PARTIE   7

  1 - **Présentation**   7

  2 - **L'amour conjugal**   11

  3 - **Leçons d'amour**   33

  4 - **Marguerite**   49

  5 - **Philosophie de l'amour physique**   69

  6 - **Franz**   85

  7 - **Roudolphine**   106

  8 - **Seule !**   127

DEUXIÈME PARTIE   137

  9 - **Chaste !**   138

  10 - **Amour et sadisme**   156

  11 - **Rose**   177

  12 - **Orgie**   195

  13 - **Ferry**   213

  14 - **A Florence**   225

  15 - **A Paris**   236

  16 - **A Londres**   241

www.grandsclassiques.com

ISBN ebook : 9782512008651
ISBN papier : 9782512009856
Dépôt légal : D/2018/12603/168

Couverture : © Hélène Massart
Conception numérique : Primento, le partenaire numérique
des éditeurs